KB021971

특허 : 제 10-2054509 호

지구 온난화,
이렇게 해결하자

이낙영 지음

생각나눔

서문

필자는 어려서부터 발명왕이 되고 싶었다. 그러나 아쉽게도 그 꿈은 현실에 부딪혀 잊혀질 수밖에 없었다. 그렇게 수십 년을 살아왔다.

필자는 몇 년 전부터 냉방 비용을 줄이는 방법에 대하여 연구를 하기 시작했다. 그러던 어느 날 아이디어가 떠올랐다.

그 아이디어를 지속적으로 연구를 해본 결과, 냉방 비용 문제뿐만 아니라 다른 문제들도 해결할 수 있는 엄청난 발명이라는 확신이 들었다.

필자는 이 소설을 통하여, 이 기발한 발명의 탄생 과정과 효과에 대하여 이야기하려고 한다. 이 소설은 공상 과학, 경제, 환경 소설이라고 해야 할 것 같다. 아직 실현되지 않은 가상의 내용을 포함하고 있기 때문에 '공상'이라는 단어를 넣을 수밖에 없다.

이 내용은 가상의 이야기이지만 허황된 것은 아니다. 필자는 이 내용으로 발명 특허를 취득하였다. 특허청에서는 실현 가능성이 없는 것에 대하여 특허를 주지 않는다는 것을 독자 여러분께서도 잘 아실 것이라고 믿는다.

필자는 이 발명을 활용하면, 지구 온난화 문제뿐만 아니라 일자리 문제, 식량 문제 같은 경제적 문제들도 동시에 해결될 수 있다고 생각하고 있다.

　독자 여러분들께서도 이런 문제들을 한꺼번에 해결하는 방법에 대하여 생각해보시고 이 책을 보신다면 더 재미있을 것이다.

　독자의 이해를 돕기 위하여, 필자는 이 발명의 내용을 유튜브에 올려놓았다. 다만, 이 영상에 나오는 계산 수치는 일반인이 혼자서 계산한 것이므로 부정확할 수 있다.[1]

　많은 사람들이 이 책을 읽고 새로운 희망을 가졌으면 좋겠다. 그리고 이 책의 내용이 실현되어 지구 온난화를 비롯한 여러 가지 문제들이 실제로 해결되기를 바란다.

발명가 이 낙 영

1　https://www.youtube.com/watch?v=vqXQesgdo5l&t=101s

목차

어떻게 먹고살 것인가?

　　나는 43세 회사원이다. 민족중흥의 역사적 사명을 띠고 이 땅에 태어난 지 40년이 넘었다. 나는 어려서부터 원대한 꿈을 갖고, 남들보다 많은 노력을 하면서 인생을 살아온 것 같다.

　나가 중학교 다닐 때, 우리 옆 동네에는 교회가 있었다. 나는 친구들과 함께 그 교회를 다녔었다. 그 교회에서는 토요일 저녁에 중고등부 예배를 드렸었다. 하루는 전도사님이 우리들한테 비디오를 보여주셨다. 수입 농산물에 들어가는 방부제의 심각성에 대하여 취재한 내용이었다. 그 비디오를 보여주시면서 "문제가 이렇게 심각한데, 아무도 관심을 갖지 않는다."며 답답함을 토로하셨다. 그러더니 우리들한테 장례 희망에 대하여 물으셨다. 친구들은 과학자, 선생님, 의사…, 뭐 이런 것들을 이야기했다. 그러나 나는 그런 직업에 대하여 얘기하지 않고, "오존층이 파괴 되는 것을 막는 일을 하겠습니다."라고 이야기했었다. 오존층이 파괴되면 피부암에 걸린다는 얘기를 들었던 것이 생각났기 때문이다. 전도사님은 그 얘기를 들으시더니 "예수 그리스도처럼 위대한 일을 하려고 한다."고 말씀하시며 칭찬을 아끼지 않으셨다. 그것만 보더라도 나는 원대한 꿈을 가지고 살아왔다고 얘기할 수 있다.

나는 대학교 갈 때, 지구의 에너지 문제를 해결하기 위하여 전기공학과에 갔다. 대학교 때 나의 별명은 아인슈타인이었다. 수업 시간에 질문을 하나 했었는데, 교수님께서 그 질문을 들으시고 "얘가 아인슈타인일지도 몰라…"라고 말씀하시는 바람에 아인슈타인이 되었다. 사회에 나와서는 노력파였고 근면 성실하였다. 남들보다 업무 성과도 뛰어났다.

그러나 나의 노력이나 성품과 상관없이 내 인생은 꼬이기 시작했다. 가만히 생각해보니, 첫 번째 이유는 내가 4차원으로 인식이 되기 때문이고, 두 번째 이유는 상사와 사이가 좋지 않기 때문인 것 같다. 오늘도 회사에서 상사와 한바탕했다. 상사가 말이 안 되는 얘기로 나를 무시하면서 누명을 씌우려고 하길래 속이 터져서 한바탕했다.

내가 아는 어떤 사장님은 구로공단에서 SMPS를 만드는 업체를 운영하고 계신다. 그 사장님께서는 젊어서 회사를 다닐 때, 가는 곳마다 상사와 싸우고 회사를 때려치웠다고 하셨다. 그러다가 IMF 때 정부 지원을 받아 창업을 하셨다. 그리고 그 이후로 지금까지 잘살고 계신다. '나도 회사를 차려야 하나…?' 이 문제에 대하여 여러 번 생각해봤다. 그러나 나는 사업을 할 만한 인물이 되지는 못하는 것 같다. 나도 내 인생이 답답하다. 마음이 답답할 때는 갈무리를 부르며 마음을 위로한다.

"내가 왜~ 이러는지 몰라… 도대체 왜 이런지 몰라…"
"이래선 안 되는 줄 알아… 알면서 왜 그런지 몰라…"

내가 근무하는 회사는 해외에서 부품을 수입하여 국내 회사에 판매한다. 주로 유럽에서 물건을 들여오는데, 비젼 카메라 같은 고급 장비에서부터 커넥터, 케이블, 단자대 같은 잡자재까지 다양한 제품을 수입하여 판매한다. 나는 여기서 기술지원 업무를 담당하고 있다. 보통 외국계 회사에서는 나 같은 사람을 '필드 어플리케이션 엔지니어'라고 부른다. 우리 회사와 거래하는 해외 업체들이 신제품을 내놓으면, 그것을 공부하여 영업 사원들을 교육하고, 고객들을 찾아가 세미나도 하고, 납품한 다음에 문제가 생기면 애프터서비스를 하기도 한다.

일반 영업 사원보다 전문적인 지식이 있어야 이런 일을 할 수 있다. 이런 일들 중에 가장 어려운 것은 애프터서비스이다. 쉬운 문제가 걸릴 때는 쉽게 넘어간다. 그러나 가끔 엄청나게 어려운 문제에 직면한다. 우리가 납품한 물건은 자동차 생산 설비에 많이 들어간다. 가끔 설비가 고장 나서 생산을 못 하는 경우가 생긴다. 그러면 최종 고객은 기계 업체들을 부른다. 기계 업체들은 전기 업체를 부른다. 전기 업체에서 PLC 프로그램을 하기 때문이다. 문제의 원인이 명확히 밝혀져서 기계 업체와 전기 업체가 문제를 잘 해결하면 다행이다. 그러나 고장 원인이 분명하지 않은 경우가 있다. 애매한 문제가 발생하면 서로 책임을 미룬다. 그러다가 수입 제품 불량으로 몰고 가는 경우가 있다.

업체들은 최종 고객에게 우리 회사에서 납품한 물건이 문제를 일으켜서 설비가 멈췄다고 이야기한다. 그러면 최종 고객은 우리 회사를 불러서 문제의 원인을 밝히라고 이야기한다. 나는 이럴 때 자주 불려간다. 실제로 우리가 납품한 제품에 문제가 생겨서 설비가 안 돌아가는 경우도 있고, 기계 업체나 전기 업체가 잘못하여 설비가 안 돌아가는 경우도 있다. 우리가 납품한 제품에 문제가 생겨서 설비가 안 돌아가는 경우에는 빨리빨리 교체를 해줘야 한다. 업체들이 잘못하여 설비가 안 돌아가는 경우는, 우리가 납품한 제품이 정상이라는 것을 증명하고, 최종 고객에게 무엇을 잘못했는지 알려줘야 한다. 불량 제품을 교체하는 것은 어렵지 않다. 그러나 문제가 발생할 경우, 우리 제품이 정상이라는 것을 증명하고, 상대방이 무엇을 잘못해서 문제가 발생했으며 어떻게 해결하면 되는지를 알려주는 것은 쉽지 않다. 왜냐하면, 고객의 설비에 대하여 알아야 하기 때문이다. 대충 개념만 알아서는 안 된다. 설비의 PLC 프로그램을 분석하여 어떤 순간에 어떻게 우리 제품과 상호작용을 하는지를 파악해야 한다.

가장 어려운 경우는 여러 공정에서 가끔씩 불량이 나는 경우이다. 그런 불량은 언제, 어디서 발생할지 알 수가 없다. 관찰하기도 어렵다. 공장에 가서 지켜본다고 해서 그 고장 증상을 볼 수 있다는 보장도 없다. 해결하기 어렵지만, 이런 문제를 잘 해결해야 한다. 이런 상황에서 문제를 제대로 해결하지 못하면 고객들 사이에서 "그 제품 이상하다. 예전에는 안 그랬는데 신제품이 뭔가 잘 못 만들어진 것 같다." 등의 소문이 돈다. 그러면 우리 회사 제품을 사용하지 않는다. 그러면 우리 회사는 어려워진다. 나는 이런 문제들을 여러 번 해결하였다. 그런 것을 보면 일은 적성에 맞는 것 같다.

그러나 나는 '이 회사에서 짤리거나 관두게 된다면, 어떻게 먹고 살아야 하는가?'를 늘 고민한다. 특히 요즘은 경제가 어려워지고, 회사 매출이 줄어들기 때문에 이 문제에 대하여 더 많이 고민한다. 그래서 나는 오래전부터 회사를 안 다니고도 돈을 벌 수 있는 방법에 대하여 연구를 해왔다.

연구를 해봤더니 4가지 정도의 방법이 있었다. 첫 번째 방법은 주식이고, 두 번째 방법은 부동산이며, 세 번째 방법은 작사, 작곡이고, 네 번째 방법은 발명 특허이다. 이번 여름휴가 때는 이 4가지 방법 중 어느 것이 나에게 맞는지 정밀 분석해보기로 하였다.

우선 주식에 대하여 생각해봤다. 나는 30대 초반에 주식을 해서 수천만 원을 벌었다. 글로벌 금융 위기 이후부터 주식 거래를 했었는데, 그때는 이명박 대통령이 TV에 나와서 "부자 되고 싶으면 주식을 사라, 못해도 두 배는 남을 것이다." 이런 얘기를 하던 시기였다.

나는 그 당시에, '대통령이 TV에 나와서 저런 얘기도 하나?'라며 신기하게 생각했었다. 그래서 '저 사람이 자기의 정치적 목적을 달성하기 위하여 저런 얘기를 하는 것인지? 무슨 근거를 가지고 저런 얘기를 하는 것인지?'를 생각해봤다. 행적을 조사해보니 바보나 사기꾼은 아니라는 생각이 들었다.

그래서 그때부터 주식에 입문하였다. 그때 나는 UNS라는 풍력발전기를 만드는 업체에 다니고 있었다. 그 회사 주식과 동종업계 주식을 조금씩 사기 시작했다. 운이 좋았었는지, 사는 것마다 값이 올랐다. 상한가도 여러 번 맞아봤다. 약간의 요령도 터득하였다. 저녁에는 유럽 증시가 올랐는지 떨어졌는지 본다. 다음 날 아침에는 미국 증시가 올랐는지 떨어졌는지 본다. 만일 둘 다 올랐으면 그날은 주식을 사는 날이다. 8시 55분에 매수 신청을 해놓고, 점심시간이 끝나기 직전인 12시 55분에 매도를 한다. 이렇게 하면 수수료를 떼지 않아도 되고 근무에 지장을 주지 않으면서 주식을 할 수 있다. 이렇게 해서 몇 시간 만에 수십만 원을 벌어본 적이 여러 번 있었다. 나는 그 당시에 사람들이 주식을 해서 왜 돈을 잃는지 이해가 가질 않았다. '주식을 해서 돈을 잃는다고? 바보 아닌가?' 이것이 내가 그 당시에 했었던 생각이다.

주식에 입문하고 2년 정도 지난 어느 날, 나는 어느 회사에 필이 꽂혔다. 그래서 8시 55분에 그 회사 주식을 왕창 샀다. 그런데 그 날 외국에서 손님이 와서 회사 밖으로 나가서 점심을 먹었다. 회사에 들어오니 1시 30분이었다. 그래서 그날은 주식 매도를 못 했다. 저녁에 퇴근해서 주가를 봤더니 아주 조금 올랐다. 다음날 12시 55분에 주가를 봤는데 또 아주 조금 올랐다. 그런데 팔아봐야 수수료 빼면 별로 남을 것이 없었다. 동종업계의 다른 회사 주식을 봤다. 그 회사 주식은 많이 올랐다. 그래서 이 회사 주식도 올라갈 것이라고 생각했다. 그래서 안 팔았다. 그날 오후, 대관령에서 갑자기 연락이 왔다. 내일 대관령으로 곧바로 오라는 것이었다. 다음 날 나는 대관령으로 곧바로 출장을 갔다. 거기서 3일을 보냈다. 그리고 주말이 되었다. 주말을 보내고 월요일에 주식을 봤다. 5일 만에 주식을 보는 것이었다. 처음보다 약간 떨어져 있었다. 더 떨어지기 전에 팔아치울까도 생각했지만 본전 생각이 나서 팔 수가 없었다. 조금 있으면 다시 올라갈 것 같았다. 그래서 안 팔았다. 그리고 다음 날부터 부산에 3일 동안 출장을 가있었다. 또 며칠 만에 주식을 봤는데 조금 더 마이너스가 되어있었다. '원금만 회복되면 팔아 치워야지…' 이렇게 생각했다. 그러나 올라가지 않고 계속 떨어졌다. 그러다가 쫄딱 망했다.

이 사건으로 인하여 나는 경제학에 관심을 갖기 시작했다. 그때부터 유튜브를 보면서 경제 공부를 하기 시작했다. 생존 경제, 명품 경제학, 경제학 1교시 등 유튜브에 떠돌아다니는 경제학 강의를 닥치는 대로 듣기 시작했다. 2년 정도 들었더니 금리, 환율, 국제 유가, 통화량, 정치, 자연재해 등 수 많은 요소가 주식에 영향을 준다는 것을 알았다. 그리고 그것들의 상호 관계를 조금 알 수 있었다. 조금 알고 나니 이제는 주식을 해서 돈을 벌 수도 있겠다는 생각이 들었다.

그러나 한 번 왕창 잃은 것에 대한 공포감 때문에 주식을 하기가 겁이 났다. 또한 매일 매일 주가에 신경 써야 한다는 것도 큰 부담이 되었다. 그래서 그 이후로 주식을 안 한다. 그리고 지금은 자금의 유동성이 증가하고 있지만, 글로벌 경기 침체의 원인이 해결되지 않았기 때문에 시장이 불안정하여 주식을 하는 것은 위험하다. 아무리 생각해봐도 주식에 의존하는 것은 올바른 생각이 아닌 것 같다.

그다음, 부동산에 대하여 생각해봤다. 몇 년 전에 전세를 끼고 성남에 있는 오피스텔을 샀다. 최근에 전세를 끼고 아파트를 샀다. 더 이상 부동산에 투자할 여력이 없다. 더군다나 요즘은 주택보급률이 100%에 가깝고 인구가 줄고 있으며, 다주택자는 세금을 많이 내야 하기 때문에, 집으로 재산을 불리는 것은 쉽지 않다. 원론적으로 보더라도 내가 노력해서 가치를 생산하는 것이 아니기 때문에 믿을 수 없다는 생각이 들었다. 여러 가지를 종합해볼 때 부동산도 적절하지 않았다.

작사, 작곡으로 돈을 벌 수 있는지 생각해봤다. 지금으로부터 15년 전, 서울 성수동에 있는 비츠로 회사를 다닐 때, 어느 날 외부 강사가 왔었다. 회사에서 직원들에게 특허에 대하여 알려주기 위해서 외부 강사를 초빙했던 것이었다. 강사는 특허에 대하여 이야기하면서 작사, 작곡에 대한 얘기도 해주었다. 강사는 "여러분이 음악에 재능이 있으면 좋은 곡을 하나 만들어서 히트를 치면 됩니다. 그러면 라디오, TV에서 그 노래가 방영된 횟수, 노래방에서 불려진 횟

수가 자동 카운트되어 매달 통장으로 돈이 들어옵니다." 이런 얘기를 했다.

'우와~ 그렇게 돈 버는 방법이 있었나~?' 나는 그때 작사, 작곡이 돈 된다는 것을 알았다.

지금 시점에서 가만히 생각해보니, 나는 작사, 작곡을 하면 잘할 것 같았다. 나는 공과대학을 졸업하고 같은 학과 대학원을 졸업했고, 지금까지 전기공학에 관련된 일을 하고 있다. 누가 봐도 전형적이 공학인이다. 그런데 나는 보통의 이공계 사람들보다 유별나게 노래를 좋아한다. 특별히 가곡을 좋아한다. 「보리밭」, 「가고파」, 「목련화」 등 20곡 정도의 가곡을 가사를 안 보고 부를 수 있다. 나는 회사 모임에 가서도 가곡을 부른다.

재작년 송년회 때, 저녁 식사를 마치고 총무팀에서 노래방 기기를 빌려왔었다. 사람들은 뽕짝을 부르며 즐거운 시간을 보내고 있었다. 그때 누가 나를 보고 노래를 부르라고 했다. 나는 「목련화」를 불렀다.

"오~ 내 사랑 목련화야… 나 아름답게 살아가리라~"

사람들은 크게 호응하며 다 같이 불렀었다. 가곡으로 하나 되는 순간이었다.

작년 송년회 때, 나는 또 가곡을 불렀다. 그때는 「보리밭」을 불렀었다.

"보리~ 밭, 사~잇길로 걸~어가면~ 뉘~ 부르는…"

사람들이 이 노래를 잘 알지 못했는지, 같이 부르지는 않았다. 혼자서 불렀는데, 100점이 나왔다. 나는 그때부터 우리 회사에서 '가곡의 왕'이 되었다.

요즘은 걸그룹 노래를 즐겨 부른다. 어느 날 갑자기 "허니, 허니 나의 맘에 허니, 허니" 이 노래가 생각났다. 가사가 자꾸만 떠올랐다. 그래서 가사로 검색을 해봤더니 카라의 「허니」라는 노래였다. 유튜브에서 그 노래를 들었다. 그런데 그 옆에 걸그룹 히트곡이라는 동영상이 있었다. 그래서 클릭해봤다.

'우와~! 내가 사는 이 세상에 이런 것이 있었구나~' 모든 노래들이 감동 그 자체였으며, 가수들은 지구인이 아닌 것 같았다.

오래전에도 이런 감동을 받은 적이 있었다. 28살 때인지 29살 때인지, 운전을 하다가 라디오에서 코요태의 「비상」을 들었던 적이 있었다. 그때는 아침이었다. 영롱한 아침 햇살을 받으며 차를 몰고 출근을 하고 있었다. 라디오에서 가락이 흘러나왔다.

"딴따 라, 딴 따라 라라, 딴 따라…" 말로 표현할 수 없는 감동이 밀려왔다. '아… 이것이 음악의 위력인가…?' 음악이라는 것이 이렇게 위대할 수 있다는 것을 깨우치는 순간이었다.

15년이 지난 지금, 걸그룹 히트곡을 들어보니 그 시절 그 순간의 감동을 다시 느낄 수 있었다. KPOP이 세계적으로 뜨는 이유를 알 수 있었다. 요즘에 작사, 작곡을 해보고 싶다는 생각이 든다. 노래를 좋아하는 이유도 있지만, 돈이 되기 때문이다.

예전에 만났던 '미스 고'도 생각난다. '미스 고'는 소개팅으로 만났었는데, 음악을 전공한 어린이집 선생님이었다. 작곡을 좋아해서 차 트렁크에 작곡과 관련된 장비들을 싣고 다녔었다. 그 여자와 잘되었으면 나는 작곡을 제대로 배웠을 것이다. 그리고 지금쯤이면 기가 막힌 곡을 만들어서 노후 걱정을 하지 않아도 될 만큼의 수익을 올리고 있었을 것이다. 그러나 어느 날, 그 여자는 다른 남자가 생겼다며 떠나가고 말았다. 사랑해서는 안 될 사람을 사랑하는 죄이라서 내 가슴은 울어야 했던 것이었을까?

그러나 다시 생각해보니 지금의 상황에서는, 작곡을 시작하지 않는 것이 좋을 것 같다. 선택과 집중이 필요하기 때문이다. 배우지도 않은 작곡을 어떻게 할 것이며, 배운다 한들 언제 배울 것인가? 그리고 전기 공학으로 대학원까지 다녔으면 전기 공학을 해야지, 그것도 제대로 안 하고 작곡에 입문한다는 것은 아닌 것 같았다. 하지만 작사는 취미 삼아 해보는 것도 괜찮을 것 같았다.

그다음, 발명 특허에 대하여 생각해보았다. 옛날 생각이 났다. 나는 20살 시절에 특허 출원 방법을 알아보기 위해서 혼자서 특허청을 찾아간 적이 있었다. 그 당시 나는 '우산을 손으로 들고 다니는 것보다 어깨에 걸고 다니면 더 편리하겠다!'라는 생각을 했었다. 그래서 특허를 출원하기로 마음먹었었다.

그 당시는 PC가 보급되는 시기였다. 그리고 인터넷이 도입되는 시기였다. 공대 학생들은 유닉스 시스템을 사용하여 telnet, ftp 이런 것을 실습했었다. 윈도우에 익스플로어가 기본으로 깔려있지도 않았었고 인터넷이 뭔지 모르는 대학생들도 많았었다. 그 당시 사람들은 PC 통신이라는 것을 많이 했었다. 모뎀을 사용하여 텍스트 위주의 통신을 하는 것인데 하이텔, 천리안 이렇게 두 종류가 있었다. PC 통신으로 원하는 정보를 찾는 것은 그렇게 수월하지 않았다. 그래서 나는 직접 특허청을 찾아갔었다. 지금은 특허청이 대전으로 이사 갔지만, 그 당시는 역삼동에 있었었다. 춘천에서 학교를 다녔던 나는 남춘천역에서 기차를 타고 청량리에서 내린 다음, 지하철을 타고 역삼역에서 내려서 특허청을 찾아갔었다. 특허청에 가서 안내원으로부터 3.5인치 플로피 디스켓을 받아왔었다. 그 안에는 특허출원서 양식이 HWP 파일 형식으로 들어있었다. 그 당시 나는 컴퓨터가 없었기 때문에, 수업이 끝나면 공대 전산실에 가서 아래 한글을 실행시키고 어깨에 거는 우산에 대한 특허출원서를 작성하였다. 그 당시 나는 특허 출원을 도와주는 특허 법률 사무소라는 것이 있는지도 몰랐고 특허출원서 작성 요령이 따로 있다고 생각하지도 않았다. 그냥 있는 그대로 적으면 된다고 생각했었다.

HWP 파일을 열어보니 "발명의 명칭", "해결하고자 하는 과제",

"청구항" 이런 것들을 적게 되어있었다. 발명의 명칭을 적는 란에 "어깨 걸이형 우산"이라고 썼었다. "해결하고자 하는 과제"를 적는 난에는, "어느 날 야구장에 갔다. 주룩주룩 비가 왔다. 그런데 우산을 쓰고 야구를 보는 사람들의 모습이 너무 불편해 보였다. 그래서 손으로 붙잡을 필요가 없는 우산이 있으면 좋겠다고 생각했다. 그래서 어깨에 거는 우산을 생각하였다." 이런 식으로 소설을 쓰듯이 썼었다. 청구항에는 "어깨에 거는 우산"이라고 적었었다.

그 당시 꽤 오랫동안 출원서를 작성했었다. A4 8장 정도로 적었던 것 같은데, 한 달 정도 걸렸었다. 나는 그것을 학과 사무실에 가서 프린트하여 등기 우편으로 특허청에 보냈었다. 며칠이 지나서 특허 출원 통지서가 왔었다. 그러나 몇 달이 지나서 거절 통지서가 왔다. 거절 이유는, 일본에 있는 사람이 유사한 특허를 출원했다는 것이었다. 거절 통지서에는 거절에 동의하지 못하면 기간 내에 의견서를 제출하라고 적혀있었다. 일본 사람이 낸 특허출원서는 일본어로 되어있었다. 특허출원서를 읽어볼 수는 없었지만, 출원서에 있는 그림을 보니 내가 생각한 것과 비슷한 내용이 이미 특허로 출원되어 있다는 것을 알 수 있었다. 그래서 의견서를 제출하지 않고 그냥 포기해버렸다. 지금 생각해보면 좀 자세히 읽어보고 다른 점을 찾아내어 의견서를 제출하고, 끝까지 노력해볼 걸 그랬다. 너무 일찍 포기했다는 생각이 들기도 한다. 그것이 내 인생에서 특허를 접한 첫 사건이었다.

첫 직장 다닐 때도 특허로 대박을 칠 수 있었던 기회가 있었다. 나는 서울 등촌동에 있는 벤처기업에서 첫 직장 생활을 했었다. 그 회사에는 두 개의 사업부가 있었는데, 그 중 하나는 엘리베이터용 인버터를 만드는 사업부였다. 나는 대학원에서 전력전자를 공부했었기 때문에 인버터 사업부에서 일을 했다. 그 당시에 나는 연구소에서 근무했었는데, 연구 소장님을 따라서 현장을 많이 다녔었다. 연구 소장님은 자주 인버터의 콘덴서 폭발에 대한 얘기를 해주시며 "조심해야 된다."고 말씀하셨다. "빵~ 터지면, 순간적으로 몇 초간 정신을 잃고 그때 잘못하면 죽을 수도 있다"고 말씀하셨다.

그 당시에 연구소 사람들은 밤 11시 정도에 퇴근을 했다. 종종 새벽 1시에 퇴근할 때도 있었다.

어느 날 나는 회사에 혼자 남아서 인버터를 테스트 했었다. 아마 12시쯤이었던 것 같다. 테스트를 하다가 DC 링크 콘덴서를 바꿔볼 생각을 했다. 콘덴서에 묶여있던 전선을 풀고 다른 콘덴서를 연결해야 했었다. 전선은 십자 나사로 죄여있었다. 드라이버를 찾았는데, 드라이버가 보이지 않았다. 롱로즈가 눈에 띄였다. 롱로즈로 콘덴서에 묶여있던 전선을 풀었다. 그런데 롱로즈로 나사를 풀다가 DC 링크 콘덴서의 +, − 단자가 쇼트 되었다. 그때 갑자기 "뻑!" 소리가 났다. 동시에 롱로즈의 쇠가 부러지면서 내 얼굴 옆으로 날아갔다. 콘덴서에 전기가 남아있었던 것이었다. '롱로즈가 부러지다니…!' 전기가 그렇게 겁나기는 처음이었다. 재수 없었으면 쇠 파편에 얼굴을 맞을 뻔했다.

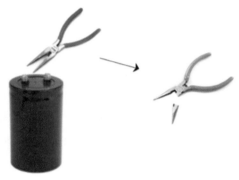

그 이후로 인버터의 콘덴서 충방전에 대하여 연구를 했다. 어느 날, 나는 여러 개의 인버터가 있는 경우 DC 링크를 서로 연결하면 효율도 높아지고 콘덴서도 폭발할 가능성이 적을 것이라고 생각했다. 나는 이것에 대하여 소장님께 말씀드렸다. 그런데 소장님께서는

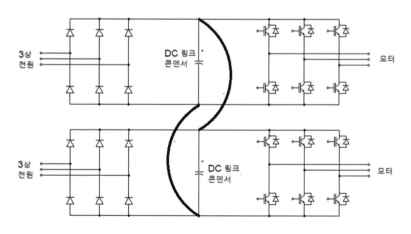

내가 신입 사원이라서 그랬는지? 윗사람들의 권위 의식 때문에 그랬는지? 호응을 안 해주셨다. 그래서 그냥 그렇게 지나가고 말았다.

그리고 몇 년의 세월이 흘렀다. 나는 다른 회사를 다니고 있었다. 그 회사에서 어느 날 『자동화기술』이라는 잡지를 보게 되었다. 일본 사람들이 3축 로봇을 제어할 때, 각각의 인버터에 달린 DC 링크를 서로서로 연결하는 방법을 개발했다는 것이 기사로 나왔다. 그렇게 해서 전체 효율이 더 좋아졌다고 하였다. 내가 예전에 생각했던 내용이 잡지에 나온 것이었다. '아~ 내가 먼저 특허를 출원해 놓을걸… 그러면 지금쯤 로열티를 받으며 여유로운 삶을 살 수도 있었을 텐데…' 이런 생각이 들었었다.

좌로 보나 우로 보나 나는 발명이 적성이 맞는 것 같다. 아직은 떠오르는 것이 없지만 철조망이나 물티슈 같은 기발한 것을 발명할 수 있는 재능이 충분한 것 같았다. 여름휴가 내내 고민한 결과, 나를 먹여 살릴 궁극의 방법은 발명 특허이고 부수적 방법은 작사라는 결론을 얻었다.

-50℃ 공기를 발견함

여름휴가가 끝났다. 다시 회사 생활이 시작되었다. 울산 사무소에서 전화가 왔다. "차장님, 저하고 현대자동차 A공장에 가야될 것 같은데…, 내일 시간 되세요?"

"뭐가 문제입니까…?"내가 물었다.

"우리 회사에서 납품한 물건이 자꾸 불량을 일으킨다고 합니다." 울산 직원이 대답했다.

"한 군데서 문제가 발생합니까? 전체 공정에서 문제가 발생합니까?" 내가 다시 물었다.

"특정한 공정 몇 군데에서 30분마다 문제가 발생한다고 합니다."

그 말을 들으니 해결할 수 있을 것 같다는 예감이 들었다.

"내일 방문합시다."라고 이야기하고 통화를 종료했다.

다음 날 아침, 나는 회사로 출근하지 않고 곧바로 현대자동차 A공장으로 갔다. 주차를 하고, 정문에서 출입 허가를 받고, 공장 단지 안으로 들어갔다. 엔진 공장으로 걸어가면서 어떻게 문제를 해결할지를 고민했다. 뭔가 일 처리를 잘못하면 허탕 치고 돌아가야 하기 때문에 항상 긴장된다. 허탕을 치고 돌아가면, 고객에게도 미안하고 회사에도 미안하다. 그리고 인생의 업보가 쌓이게 된다는 것을 잘 알고 있다. 나는 문제를 맞이하면 항상 기도를 한다. 걱정되기 때문이다.

'오~ 주여, 문제가 깔끔히 해결되게… 크신 은혜를 내려 주시옵소서… 예수 이름으로 기도합니다. 아멘, 아멘'

문제가 발생한 현장에 도착했다. 프로그램 업체 사장님과 울산 사무소 직원이 먼저 와있었다. 프로그램 업체 사장님과 명함을 주고받고 인사를 했다. 질의응답을 하면서 문제점을 찾기 시작했다. 제품의 설치 상태는 이상이 없었다. 그렇다면 이 경우는 PLC 프로그램을 봐야 한다. 노트북으로 PLC 프로그램을 열었다. 수천 라인의 프로그램 중 우리 회사에서 납품한 제품과 관련된 프로그램을 열었다. '도대체 뭐가 잘못된 것일까?' 도무지 알 수가 없었다.

점심때가 되었다. 프로그램 업체 사장님께서 점심 먹고 하자고 이야기하셨다. 점심을 먹으면서 불량 현상에 대하여 이야기를 나눴다. 프로그램 업체 사장님께서는 "제품에 문제가 있는 것이 아니냐?"는 식의 질문을 하셨다.

나는 좀 더 봐야 정확하게 알 수 있다고 얘기했다. 점심을 먹고, 자판기에서 음료수를 뽑아서 마시고, 조금 쉬었다가 다시 프로그램을 살펴보았다. 잘못된 것이 없는 것 같았다. 이럴 때는 PLC에서 제품으로 전달하는 데이터가 정상인지 비정상인지 봐야 한다. 좀 더 높은 기술력을 요구하는 상황인 된 것이다. 한참을 보다가 문제의 원인을 찾아냈다. PLC에서 우리 회사에서 납품한 제품으로 이상한 데이터를 주고 있었다. 이제 PLC 프로그램 문제라는 것이 확실히 밝혀졌다. 나는 당당하게 "이것은 PLC 문제이기 때문에, 저희가 관여할 수 없습니다."라고 얘기했다. 프로그램 업체 사장님께서도 인정하셨다. 그런데 프로그램 업체 사장님께서 "뭐가 잘못된 것인지 같이 원인을 찾아보자."고 이야기하셨다.

'어… 이제 집에 가야 되는데…' 이럴 때는 '미안 미안해, 미안 미안해 너를 두고 여기 떠나려니 미안해…' 이렇게 얘기하고 싶다.

그렇지만 고객이 '끝난 거야 돌아가, 이제 더 이상은 나를 찾지마…' 이렇게 얘기할 수도 있기 때문에 그냥 일어서서 나올 수 없다. 옆에 앉아서 문제를 해결하는 척이라도 해야 한다.

한참을 앉아서 프로그램을 살펴봤다. 그러나 문제점이 보이지 않는다. '저녁 되면 서해안고속도로로 막히기 시작하는데… 으… 집에 가면 10시 넘겠다…' 내적 갈등이 시작된다.

그러다가 고객이 잘못한 것을 찾아냈다. 잘못된 부분을 고치고 나니 3시간 동안 문제가 없었다. 문제가 깔끔히 해결되었다. 오늘의 출장은 대성공이었다. 매번 오늘 같은 출장만 있었으면 좋겠다.

다음 주는 독일에 교육을 받으러 간다. 서비스 기술 향상을 위하여 제조사에 직접 가서 교육을 받는 것이다. 독일에 갈 때는 곧바로 독일로 가지 않고 네덜란드의 암스테르담에서 비행기를 갈아타고 독일로 간다. 이번 출장의 최종 목적지는 독일 남부에 있는 슈투트가르트에 있는 B라는 회사이다. 나는 이 회사를 세 번째 방문한다. 처음에는 기초 교육을 받았다. 두 번째는 고급 교육을 받았다. 이번에는 특정 제품에 대하여 특별 교육을 받기 위하여 간다. 회사에서 투자하는 비용에 대하여 생각해봤다. 비행기 표 값, 호텔비, 출장비, 밥값, 월급의 1/4을 더하고 3을 곱하면 약 2천만 원 정도 될 것 같았다. 아무리 생각해도 적자일 것 같았다. '잘 배워서 일을 잘해야겠다.'는 생각이 든다.

이야기를 들어보니 요즘 독일은 밤 11시에 해가 진다고 한다. 언뜻 믿기지 않았지만, 독일은 한국보다 위도가 높기 때문에 그럴 수 있을 것 같다는 생각이 들었다. 이번에 가면 진짜 11시에 해가 지는지 확인해 봐야겠다.

오늘은 토요일이다. 내일 출장을 간다. 여권 챙기고, 노트북 챙기고, 옷 챙겼다. 다 챙겼다. 일요일 아침 8시에 집에서 나왔다. 성남에서 공항버스를 타고 인천 공항에 갔다. 이번에는 3명이 출장을 간다. 다른 2명은 벌써 와있었다. 한 명은 울산 사무소 직원이고, 한 명은 창원 사무소 직원이다. 얘기를 좀 나눈 후에 출국 심사를 하고 탑승 게이트에 갔다. 출발 전까지 한 시간 정도 남았다. 다른 직원들은 선물을 사려고 공항 안을 돌아다녔다. 나는 선물을 사지 않는다. 짐을 들고 다니는 것이 귀찮기 때문이다. 대신 집사람에게 는 출장비를 아껴서 쓰고 남은 비용을 갖다준다. 나도 편하고 집사 람도 좋아한다. 이번에 타고 갈 비행기는 대한항공이다. 독일로 출 장을 갈 때는 주로 KLM을 많이 탔었는데 이번에는 대한항공을 타 고 간다. '아…, KLM에 예쁜 아가씨 있었는데…' 이번에는 못 봐서 아쉬웠다. 하지만 비행기는 왠지 더 좋을 것 같다는 생각이 들었다.

비행기가 도착했다. 도착한 비행기를 보니 보잉 747 기종이었다. KLM이나 대한항공이나 같은 기종의 비행기를 사용하고 있었다. 표를 끊고 계단을 내려가서 터널을 지나 비행기를 탔다. 좌석에 앉 아보니 터치스크린에 USB를 꽂을 수 있게 되어있었다. 핸드폰 배터 리 문제를 신경 쓸 필요가 없었다. KLM에는 이런 것이 없었다. '오 ~.' 대한항공이라서 뭔가 다르다는 생각이 들었다. 인천에서 암스테 르담까지는 약 10시간 걸린다. 비행기를 오래 타서 지루하지만 해외 출장은 언제나 즐겁다. 골치 아픈 회사 일을 하지 않아서 좋다. 먹 여주고 재워주고 출장비도 준다. 게다가 이번 출장은 문제를 해결 하러 가는 것이 아니고 교육을 받으러 가는 것이기 때문에 마음이 가볍다. 회사 다니면서 이것보다 더 좋은 것은 없을 것이다. 비행기 가 이륙하고 30분 정도 지나서 밥이 나왔다. 밥을 먹고 영화를 봤다. 바다에 떠있는 작은 배 안에서 주인공과 호랑이가 같이 지내는 내용이었다. '저런 황당한 얘기로 영화를 만들어서 팔다니…, 먹고 사는 방법은 정말로 무궁무진하다.'는 생각이 들었다.

영화를 본 다음 테트리스 게임을 했다. 이번에는 레벨 6을 넘었다. 한참 앉아있었더니 피곤했다. 비행기 복도의 맨 뒤로 가서 국민체조를 하고, 접시돌리기도 하면서 뭉친 근육을 풀었다. 다시 자리에 앉았다. 이번에는 오디오북을 들었다. 그러다가 잠이 들었다. 몇 시간 자고 나니 어느덧 비행기가 베를린 위를 지나고 있었다. 거의 다 왔다. 벌써 8시간을 날아왔다.

창밖을 보니 저 밑에 흰 구름이 보였다. 뭉실뭉실 구름이 참 멋있었다. 얼른 사진을 찍었다. 그런데 높이가 얼마나 될까? 좌석 앞에 있는 터치스크린을 눌러봤다. 비행 고도는 10.5km였다. 지난번에도 몇 번 유럽을 갔었지만, 비행기가 10km 이상 높게 떠서 간다는 것을 그때서야 알았다. 그런데… 충격적인 것이 눈에 띄었다. 믿을 수가 없었다. 옛날에도 비슷한 충격을 받은 적이 있었지만 이번에 받은 충격은 조금 더 강했다.

내가 20살, 대학교 1학년 때, 동아리에서 주문진 해수욕장으로 하계 수련회를 갔다. 넓은 바다를 보니 가슴이 확 트였다. 바닷물에 발을 담그니 시원했다. 바닷물은 깨끗해서 바닥이 다 보였다. 그때 한 가지 궁금증이 생겼다.

'그런데… 이렇게 많은 물이 진짜로 짤까?'

바닷물은 짜다고 배웠지만, 왠지 이 맑고 많은 물이 짜지 않을 것 같았다. 바닷물을 손에 담아서 맛을 봤다.

"와~ 진짜 짜잖아!"

"어떻게… 이 많은 물이 이렇게 짤 수가 있지?"

충격이었다. 그런데 지금의 이 상황은 더 충격적이다. 다시 한번 눈을 크게 뜨고 확인해봤다. 그 상황은 변하지 않았다.

"-50℃!" 비행기 바깥 온도가 무려 -50℃였다.

'세상에… 어떻게 온도가… -50℃가 될 수 있지? 이 비행기 벽을 뚫고 나가면 -50℃라는 이야기인가?'

비행기 벽을 사이에 두고, 이렇게 낮은 온도가 내 바로 옆에 있다는 것이 믿어지지 않았다. 내가 경험한 가장 추운 날씨는 -19℃였다. 초등학교 5학년 때, 매일 매일 백엽상 안에 있는 온도계의 값을 기록했었다. 그때 최저 기온이 -19℃였다. 그 이후로 그것보다 더 낮은 온도를 직접 체험한 적은 없었다. -50℃는 얼마나 추울까? 상상이 가질 않았다. 서양 사람들은 이럴 때 "언빌리버블!"이라고 할 것 같다. 그리고 이때 받은 충격이 훗날 위대한 발명으로 이어질 것이라는 것은 전혀 알지 못했다.

조금 있다가 또 기내식이 나왔다. 기내식을 다 먹고 나니 조금 있다가 비행기가 하강하기 시작했다. 비행기 높이에 따른 바깥 온도를 유심히 살펴보았다. 내려갈수록 온도가 올라갔다.

　드디어 암스테르담 공항에 도착했다. 공항에서 직원들과 비행기 외부 온도에 대하여 이야기를 나눴다. "저 꼭대기는 온도가 −50℃ 야." 내가 신기한 듯 이야기했다.

　"당연하지요, 태양 복사열이 약해지잖아요…" 다른 직원들이 당연한 것을 왜 이야기하느냐는 듯 말했다.

　암스테르담 공항에서 2시간 대기한 후 또 비행기를 타고 슈투트가르트로 갔다. 슈투트가르트로 가는 비행기는 작은 비행기라서 그런지 고도가 높지 않은 것 같았다. 좌석에 터치스크린도 없었다. 창밖으로 밭, 고속도로, 풍력발전기 등이 보였다. 밭에서는 스프링클러가 물을 뿌리고 있었다. '그렇게 높지 않네…' 나는 스튜어디스를 불러서 비행기 고도, 속도, 외부 온도를 물어봤다. 고도는 7.5km, 속도는 800km/h, 외부 온도는 −40℃라고 했다. 2시간쯤 후에 비행기가 슈투트가르트 공항에 착륙했다. 밤 11시 30분이었다.

　비행기에서 내려서 짐을 찾고 택시를 타고 호텔로 갔다. 새벽 1시쯤 호텔에 도착했다. 동료들과 내일 7시 30분에 식당에서 같이 밥을 먹기로 하고 각자 방으로 들어갔다. 매번 느끼는 것이지만 독일의 호텔은 가격에 비하여 만족할 만한 수준이 아니다. 우선 인터넷이 잘 안 된다. 냉장고 안에 있는 물도 돈 주고 먹어야 하고, 방도 어둡다. '잘사는 나라의 호텔이 왜 이럴까? 아! 내가 시골에 있는 호텔만 와봐서 그런가?' 언제가 될지는 모르겠지만 도시에 있는 호텔을 가볼 기회가 생기면 좋겠다. 샤워하고 누웠다. 잘 시간이지만 시차 때문에 잠이 오지 않는다. TV를 켜보았다. 당연히 독일어로 방송이 나온다. 영어 방송은 CNN, BBC가 나오고 한국과 관련된 방송은 아리랑이 나온다. 그나마 볼만한 것은 아리랑밖에 없다. 내용을 다 알아듣지는 못하지만, 대충 상황을 짐작하면서 본다. TV를 좀 보다가 억지로 잠을 청했다. 내일 교육 받으러 가면 다른 나라 사람들도 있을 텐데, 교육 시간에 졸면 국제적으로 망신을 당하기 때문에 일찍 자야 된다.

다음 날 아침, 7시 30분에 모여서 아침을 먹었다. 호텔에서 주는 아침 식사는 뷔페식으로 나오는데 이것저것 먹을 것이 많았다. 계란찜, 햄, 과일, 우유, 빵, 돼지고기, 생선 등 여러 가지가 나온다. 나는 콘푸로스트에 말린 과일을 넣고 우유를 부어서 먹었다. 8시 30분쯤 출근용 승합차가 왔다. 차를 탔다. 다른 나라에서 교육 받으러온 사람들도 탔다. 어느 나라 사람인지는 모르겠으나, 운전기사 옆에 앉아서 독일어로 운전기사와 열심히 이야기를 나누는 사람이 있었다. 이런 경우는 대부분 독일, 오스트리아, 덴마크 사람 중의 하나이다. 그 사람들이 독일어를 모국어처럼 사용하는 것을 여러 번 봤다.

시골길을 따라 15분쯤 가니 B 회사가 보였다. 건물이 제법 컸다.

나도 우리 고향 집 근처에 이런 회사 하나 차려서 잘 먹고 잘 살았으면 좋겠다는 생각을 늘 한다. B 회사에 도착했다. 명찰을 받고 2층으로 올라갔다. 올 때마다 느끼는 것이지만, 독일의 회사 건물들은 유리창이 크다. 벽에 창문이 있는 것이 아니라 유리창으로 벽을 만들었다는 느낌이 든다. 이 회사뿐만 아니라 다른 회사들도 그랬었다. 유리창 값이 많이 들 것 같았다. 처음에는 몰랐는데, 지금 생각해보니, 햇빛이 많이 들어오게 하려고 창문을 크게 한 것 같다.

강의실에 들어가보니 책상에 교육생의 이름을 써놓은 카드들이 있었다. 10명이 교육에 참석했다. 스웨덴, 프랑스, 폴란드에서 왔고 멕시코, 브라질, 알제리에서 왔다. 프랑스에서는 할아버지가 오셨다. 대리점 사장님께서 오신 것 같은 느낌이 든다. 알제리에서는 여자분이 왔는데 머리에 흰 스카프를 쓰고 있었다. 날씨가 더운 데도 벗지 않고 쓰고 있었다. 폴란드에서는 젊은 사람이 왔는데, 정장을 입지 않고 청바지에 반짝이는 티셔츠를 입고 왔다. 5~6년 전에는 이런 교육을 하면, 대부분 사람들이 정장을 입고 참석했었다. 그런데 요즘은 정장을 입지 않고 청바지와 티셔츠를 입고 교육에 참석하는 사람들이 종종 있다. 스티븐 잡스의 패션이 전 세계를 강타했다는 생각이 들었다. 언제나 그렇듯이 처음에는 강사가 자기소개를 한다. 그리고 교육생들이 돌아가면서 자기소개를 한다. 다른 나라에서는 영어를 잘하는 사람만 뽑아서 교육을 보내는 것 같다. 우리는 문장을 생각한 다음에 말을 하는데, 다른 나라 사람들은 생각을 하면서 동시에 말을 하는 것 같다. 그 사람들은 영어를 모국어처럼 자연스럽게 이야기한다. 긴 문장도 막힘없이 잘 이야기한다.

첫날 교육이 시작되었다. 보통 첫날 교육은 어렵지 않다. 강사들에게도 영어는 외국어이기 때문에, 천천히 또박또박 이야기하고, 주로 제품의 개요에 대하여 얘기하기 때문에 알아듣기 쉽다.

첫날 교육이 종료되었다. 저녁때 동료들과 지하철을 타고 슈투트가르트 시내 구경을 갔다. 여기저기를 돌아다녔더니 배가 고팠다. 식당을 찾아서 돌아다니다가 한글 간판을 발견했다. "김치찌개", "된장찌개", "청국장" 이런 것이 적혀있었다. 들어가보니 부산에서 사시던 분이 독일까지 와서 식당을 하고 계셨다. 저녁을 먹고 지하철을 타고 10시쯤 호텔로 돌아왔다. 10시 30분 정도 되니 어두워지기 시작했다. 11시에 해가 진다는 것이 틀린 말이 아니었다.

두 번째 날 교육이 시작되었다. 오늘 교육의 주제는 프라피버스 통신이다. 강사는 마스터와 슬레이브가 어떤 순간에 어떤 데이터를 주고받는지 자세히 설명하였다. 교육이 끝났다. 교육을 마치고 교육생 전체가 회식을 하러갔다. 여러 번 느끼는 것이지만 독일의 식당들은 한국 식당에 비하여 규모가 크다. 한국에는 분식집 정도의 작은 식당들이 꽤 많다. 그러나 독일에서는 그런 식당을 한 번도 못 봤다. 대부분 100명 이상 앉아서 밥을 먹을 수 있는 큰 규모를 갖추고 있었다. 물론 이 식당도 그랬다. 나는 학세라는 것을 시 켰다. 돼지 무릎을 쪄서 만든 음식인데 양도 많고 맛도 좋다.

저녁을 먹으면서 사람들과 얘기를 좀 나눴다. 유럽 사람들은 한 국에서 온 사람들을 만나면 항상 "너 여기 오는 데 몇 시간 걸렸 냐?"라고 물어본다. "비행기 대기 시간까지 합쳐서 20시간 걸렸다." 라고 이야기하면, "오~ 투앤티 아우어즈… 배리 롱 저니…" 이렇게 이야기한다.

'아… 촌스럽기는…' 별것도 아닌 것을 가지고 놀란 표정을 짓는 다. 그다음으로 많이 하는 얘기는 스마트폰에 대한 것이다. 삼성 스마트폰을 사용하는 사람들끼리 만나면 꺼내보이면서 갤럭시5냐 6이냐 7이냐를 서로 묻는다. 그러다가 "너 그거 얼마주고 샀냐?" 라고 물어본다. 가격을 얘기하면 곧바로 계산기를 실행하여 가격 을 유로화로 환산해본다. 그리고 나서 "오~ 리얼리?" 이런 얘기를 한다. 그러며 나는 "한국에서 파는 것은 최신 모델이어서 좀 더 좋 다."고 이야기한다. 그러면 사람들이 더 이상 묻지 않고 그냥 그런 줄 안다.

저녁을 먹다가 빤짝이 옷을 입고 있는 폴란드 사람과 이야기를 나누었다. "너는 영업할 때도 이런 옷을 입고 다니냐?" 내가 폴란드 사람에게 물었다. 그 사람은 영업을 하지 않는다고 이야기했다. "제 발 이것 좀 사주세요… 사주세요…"라고 구걸하는 것이 싫어서 영업은 안 하고 기술 서비스만 담당한다고 이야기했다.

나는 유럽 사람들과 짧게 짧게 여러 번 얘기를 해봤다. 깊은 얘기를 못 해봐서 정확히 알 수는 없었지만, 유럽 사람들과 한국 사람의 정서가 크게 다르지는 않은 것 같다. 한국 사람은 정이 많고 서양 사람은 정이 없다고 들어왔지만, 나는 그런 느낌을 한 번도 받아본 적이 없다. 그런데 확실한 것은, 유럽 사람들은 유럽 사람들끼리 잘 어울린다. 단체 회식을 마치고 호텔로 돌아왔다. 두 번째 날은 첫날보다 잠이 잘 온다. 시차 적응이 되어가기 때문이다.

어느덧 금요일이 되었다. 교육받는 마지막 날이다. 마지막 날은 평일보다 교육이 일찍 끝난다. 유럽에서 온 사람들은 그날 저녁에 비행기를 타고 곧바로 집에 간다. 저녁 9시면 집에 갈 수 있다고 한다. 마치 시외버스를 타고 다니듯이 비행기를 타고 다닌다. 교육이 끝난 날 저녁에, 우리 회사 직원들끼리 모여서 그동안 교육받은 내용을 복습했다. 회사에 가서 전달 교육을 해야 하기 때문이다. 강사한테서 받은 교육 자료도 보고, 교육받을 때 찍어둔 비디오도 보면서 내용을 정리했다. 전달 교육할 내용을 정리하다 보니 어느새 새벽 1시가 되었다. 토요일이 되었다. 벌써 떠나는 날이다.

'하루만 더 있다가 가면 좋을 텐데…' 떠나는 날이 되면 항상 이런 생각이 든다. 아침 식사를 하고 짐을 싸고 호텔비를 계산했다. 공항 가는 택시를 불렀다. 택시 운전기사는 50~60대 아주머니였다.

아주머니가 물었다. "다음에 또 오냐?"

나는 대답했다. "아마도 또 올 날이 있을 것이다."

몇 마디 대화를 주고받다보니 어느새 슈투트가르트 공항에 도착했다. 독일에서 한국에 갈 때도 한 번에 가지 않는다. 암스테르담으로 가서 비행기를 갈아타고 인천으로 간다. 비행기를 타고 슈투트가르트에서 암스테르담으로 갔다. 암스테르담에서 2시간 기다린 다음에 한국행 비행기를 탔다. 한국행 비행기는 갈 때도 대한항공이었다. 그런데 이번에는 747 기종이 아니었다. 747 기종은 머리 부분에 특징이 있어서 척 보면 알 수 있다. '저 비행기에도 USB 단자 있겠지 …?' 비행기를 타보니 USB 단자가 있었다. 역시 대한항공이었다.

유럽에서 한국으로 갈 때는 편서풍의 영향을 받기 때문에 더 빨리 간다. 비행기 속도를 보니까, 올 때보다 100km 정도 빨리 가고 있었다. 영화 보고, 게임 하고, 자다가 일어나니 어느새 비행기가 착륙하고 있었다. 고도에 따른 온도 변화를 유심히 살펴보았다. 마찬가지로 지표면에 가까워질수록 온도가 올라갔다. 드디어 인천 공항에 착륙했다. 짐을 찾고, 집에 전화하고, 회사에 전화하고 공항버스를 타고 집으로 갔다. 한국은 일요일 오후이다. 내일부터 다시 일상생활로 돌아간다.

그런데 올해는 평년보다 더 더운 것 같다. 밤에 집 안의 온도가 32℃까지 올라갔다. 에어컨을 틀지 않을 수 없다. 우리 집은 보통 저녁에 3시간 정도 에어컨을 켠다. 덥지만 에어컨을 계속 켤 수 없다. 전기 에너지를 많이 사용하면 전기세도 많이 나오지만, 이산화탄소가 많이 나와서 지구 온난화가 가속화되기 때문이다. 우리 집에 있는 에어컨은 인버터 에어컨이 아니라서 전기를 많이 먹는다. 어떻게 하면 전기세를 절약할 수 있을까? 매년 여름이면 이 생각을 한다.

예전에 신문에서 지붕에 양철판을 올려놓고 거기에 물을 뿌리면, 물이 증발하면서 주위 공기를 식히고 무거워진 찬 공기가 파이프를 타고 내려오게 하면 집안의 온도를 낮출 수 있다는 기사를 읽었었다. 이것을 만들어서 시원한 여름을 보낼 수 있는지를 생각해본 적이 있었다. 두 가지 문제 때문에 어려울 것 같다는 생각을 했었다. 첫째, 밤에는 물이 증발하는 속도가 느려져서 소용이 없을 것 같았다. 둘째, 바람이 불면 찬 공기가 밑으로 가라앉지 않고 옆으로 날아갈 것 같았다. 그래서 시도를 하지도 않았다.

여름을 시원하게 보내려면, 에어컨을 켜는 것이 가장 쉬운 방법인 것 같다. 나는 작년에 일체형 에어컨을 구입했었다. 일반 에어컨보다 저렴하고 전기를 적게 소비한다고 하여 구매했었다. 작년에 사용해 봤는데 냉방 성능은 나름대로 괜찮았다. 그런데 실외기를 방 안에 설치하는 것이나 마찬가지여서 에어컨 돌아가는 소리가 너무 컸다. 그래서 우리 집에서는 사용하기가 어려웠다. 새로 에어컨을 사야 될 것 같다. 최근에 나온 인버터 에어컨은 기존의 에어컨에 비하여 전기를 50%만 소비한다는 얘기를 들었다. 인터넷으로 가격을 살펴봤다. 너무 비쌌다. 그래서 일반 에어컨 가격을 알아봤다. 그런데 일반 에어컨도 비쌌다.

'왜 이렇게 비싸지? 인건비가 올라서일까? 통화량이 늘어서일까? 아니면 내가 너무 싼 값을 기대해서일까?' 나는 재활용 센터에 가서 중고 에어컨을 사기로 했다. 55만원 주고 20평형에 맞는 스탠드형 에어컨을 구입했다.

어느 날, 실외기의 팬 가운데 달린 모터를 떼어버리고 인버터 일체형 모터를 부착해야겠다는 생각을 했다. 냉방 에너지를 조금 더 절약해야겠다는 생각을 했기 때문이다. 나는 대학원에서 전력전자를 공부했었고 첫 직장에서도 인버터 개발을 했었다. 모터와 인버터에 대하여 좀 안다. 그래서 내가 혼자서 개조를 할 수 있을 것이라고 생각했다. 대략 30%의 전기를 절약할 수 있을 것 같았다. 일요일 오후에 실외기를 뜯어보았다. 팬 중간에 생각보다 작은 단상 모터가 달려있었다. 인버터를 연결하려면 단상 모터를 떼어내고 동일 용량의 3상 모터로 교체한 다음 인버터를 실외기 외부에 연결해야 했다. 그런데 한 가지 의문이 들었다.

'방 안에 있는 에어컨 제어기와 실외기는 어떻게 신호를 주고받지?' 모터는 그냥 떼어내고 붙이면 되지만, CAN이나 프로피버스 같은 필드버스 통신이 들어가 있으면 내가 직접 교체하는 것은 불가능하다.

일단 에어컨에 대하여 공부를 해야 할 것 같았다. 토요일에 도서관에 가서 자료를 찾아보기로 했다. 우리 집은 도서관 옆에 있어서 걸어서 3분이면 도서관에 간다. 나는 이것이 참 마음에 든다. 토요일 아침 일찍 도서관에 갔다. 에어컨에 대하여 공부하기 시작했다. 한참 공부하다보니 눈이 피곤했다. 잠시 쉬기로 했다. 도서관 뒤에 있는 산에 올라갔다. 그 산에는 등산로가 있었다. 운동하는 사람들이 지나다니고 있었지만 노래를 부르고 싶었다.

"물망초 꿈꾸는~ 강가를 돌~아…"

"달빛~ 먼~ 길, 임~ 이 오시는가…"

노래를 부르고 나니 스트레스가 풀렸다. 다시 도서관에 가서 공부를 했다. 이번에는 문서를 읽지 않고 유튜브에서 동영상을 찾아보기로 했다. '인버터, 에어컨'을 쳐넣고 동영상을 검색해봤다. 동영상이 쭉 떴다. 한 개를 선택하여 클릭했다. 강사가 에어컨의 구조를 설명했다. 컴프레서가 있었다.

'아! 컴푸레샤가 있구나… 저놈이 전기 다 먹겠네!' 실외기 팬 모터의 효율을 높인다고 해서 전체 효율이 높아질 것 같지 않았다.

"에이~ 팬에 인버터 달아봐야 별 효과 없잖아…" 공부를 때려치우고 집에 왔다. 오늘은 바람도 불지 않아서 더 더웠다. 내 마음의

고충을 시로 표현해보기로 하였다.

　　제목: 더워 더워 더워

　아~ 죽겠네 정말, 날씨가 더워서

　더 못 참아 이제 에어컨을 켜자!

　시원하겠지?

　봐봐 전기 먹는 저기 에어컨 봐!

　우리 에어컨도 마찬가지일까?

　헉~! 엄청난 전기세.

　아이고 더워더워더워 오오오오 더워더워더워 오오오오

　오늘도 푹푹 찌고, 내일도 푹푹 찌면

　저렴한 찬 바람, 너를 꼭 찾아낼 거야~

　너는 도대체 어디에 있는지?

　"아… 훌륭하군!" 그런데 너무 가난한 느낌이 들었다. 전기세가 많이 나온다고 에어컨을 못 틀면 너무 불행한 것 아닌가? 뭔가 스케일이 크고 첨단 공학의 이미지가 들어가야 될 것 같았다. 그래서 2절을 만들었다.

아~ 걱정돼 정말, CO2 때문에

더 못 참아 이제 해결법을 찾자!

해결되겠지?

봐봐 늘어나는 저기 CO2 봐!

차를 모두 다 없애야만 할까?

헐~ 그것은 어려워!

아이고 더워더워더워 오오오오 더워더워더워 오오오오

오늘도 못 줄이고, 내일도 못 줄이면

새로운 에너지, 너를 꼭 찾아낼 거야~

너는 도대체 어디에 있는지?

'음… 그렇지, 이렇게 뭔가 고차원적인 것이 들어가야지… 됐어!'

이산화탄소를 줄이기 위해서 에어컨의 온도를 26도에서 27도로 올렸다. 그리고 이 생각 저 생각을 했다. '무슨 방법이 없을까?' 그러나 뾰족한 방법이 생각나지는 않았다.

다음 날이 되었다. 오늘은 일요일이다. 일요일 오전에는 교회를 간다. 우리 교회는 오전 예배를 마치고 연이어 오후 예배를 드린다. 그래서 2시쯤 되면 모든 예배가 끝난다. 오후 3시쯤 집사람과 아이를 데리고 이마트를 갔다. 우리 집에서 이마트는 1.5km 떨어져있는데, 우리 집은 지대가 높고 이마트는 지대가 낮다. 우리 집에서 이마트를 갈 때는 줄곧 완만한 내리막길이다. 이마트를 갈 때는 가방을 짊어지고 걸어서 간다. 이마트를 가는 길에 음반 가게가 있다. 거기를 지나는데 경쾌한 노래가 흘러나왔다. 얼핏 들으니 "무슨(?)비 오오오오 무슨(?)비 오오오오." 이런 노래 소리가 들려왔다. 내가 지은 시에도 '오오오오'가 들어가는데… "어~ 이 노래는 뭐지?"

집에 와서 검색을 해보니 티아라의 「러비더비」라는 노래였다.

'최근에 걸그룹 노래들을 많이 듣고 있는데 왜 이 노래를 몰랐을까?'

노래가 마음에 들어서 계속 들었다. '그런데 이 노래의 주제는 무엇일까?' 갑자기 이런 궁금증이 생겼다. 이 노래에 대하여 분석을 해보기로 하였다. 가락과 가사를 섞어서 들으니 분석이 안 되었다. 그래서 가락과 가사를 따로 분리해서 분석해보기로 하였다. 가락을 먼저 분석해봤다. '경쾌함', '독특함', '작은 폭발' 이런 느낌이 들었다. 그다음 가사를 분석해봤다.

"너무 뻔해…, 꼭 찾아낼 거야…"

가사에서 느껴지는 것은, 지루한 것에 대한 짜증과 새로운 것에 대한 갈망이었다. 아! 이 노래의 주제는 바로 "혁신"이었다. 내가 지은 시에 「러비더비」 가락을 붙여보았다. 잘 맞았다. 그때부터 「러비더비」 노래를 개사하여 출퇴근길에 운전을 하면서 부르고 다녔다.

또 토요일이 되었다. 이번 주 토요일에는 도서관에서 아이들을 위하여 무료 공연을 한다. 집사람이 아이를 데리고 도서관에 갔다. 나도 도서관에 갔다. 도서관에 가면 시원하기 때문이다. 도서관에 가서 와이파이를 연결하고 노래를 들었다. KPOP과 가곡을 들었다. 한참 노래를 들었더니 지루했다. 도서관 뒤에 있는 산에 올라갔다. 저 멀리 제2롯데월드가 보였다.

'저기 꼭대기는 바람이 잘 불어서 더 시원하겠지?' 500m 위면, 3℃ 정도 더 낮을 것 같았다.

'냉방비 적게 들겠네… 좋겠다.' 그 순간 번개처럼 한 장면이 머릿속을 스쳐 갔다.

'마이너스 50℃!' 비행기 안에서 봤던 온도는 분명히 −50℃였다.

'파이프를 높이 세워서 −50℃ 공기를 끌어당기면 어떨까?' −50℃ 공기를 끌어당기는 것이 힘들다면, 파이프를 2km 정도 올려서 13℃ 낮은 공기를 끌어당겨도 충분히 시원하게 지낼 수 있을 것 같았다.

파이프를 세우는 것은 비용이 많이 들지만, 크게 만들어서 찬 공기를 대량으로 끌어당기면 본전을 뽑고도 남을 것 같았다. 충분히 가능할 것 같았다. 이런 생각을 하며 또 한 주말을 보냈다.

어느 날 사장님께서 메일을 보내셨다. 한국기계연구원에서 주관하는 교육에 갔다 오라고 하셨다. 얼마 전에 기계연구원에서 우리 회사에서 판매하는 수입 센서를 여러 개 구매했었다. 그래서 더 큰 영업 건이 있는지? 교육을 들으면서 확인해보라고 지시를 하신 것이었다. 교육 날짜가 되었다. 아침 일찍 대전에 있는 한국기계연구원으로 출발했다.

나는 예전에 기계연구원 근처에 있는 UNS 회사를 다녔기 때문에 이 근처의 지리를 잘 안다. 출퇴근할 때 항상 이 근처를 지나다녔었다. 기계연구원 안으로 들어온 것은 처음이었다. 들어가보니 내부가 제법 넓었다. 조금 헤맸지만 제시간에 강의실을 찾아서 들어갔다.

강의가 시작되었다. 압축 공기를 사용해서 에너지를 저장한다는 내용이었다. 땅속에 큰 구멍을 파고 남는 전기로 컴프레서를 돌려서 공기를 압축해서 저장하고 필요할 때 그 압축 공기를 꺼내서 발전기를 돌린다는 것이다. 배터리에다가 남는 전기를 저장한다는 얘기를 들은 적은 있지만, 공기를 압축해서 에너지를 저장한다는 얘기는 처음 듣는다. 왜 저런 희한한 일을 하는지 이해가 가지 않았다. 강사는 많은 에너지를 저장하려면 배터리보다 공기 압축 방식이 더 좋다고 얘기했다. '전문가가 그렇다고 하니 그런가 보다' 했다.

쉬는 시간이 되었다. 자판기에서 커피를 하나 뽑아 먹다가 우연히 섭필이를 만났다.

"어~ 여기서 만나네…" 악수를 했다.

섭필이와 나는 예전에 UNS에서 같이 근무했었다.

몇 마디 대화를 주고받으려는데 다시 강의 시간이 되었다. 일단 강의를 듣고 이야기를 하기로 했다. 두 번째 시간에는 어떤 토질에 공기 저장 탱크를 만들어야 되는지에 대하여 설명하였다. 암염층에 공기 저장 탱크를 만들어야 한다고 했다. '암염층이 아무 데나 있나?' 현실성에 의문이 들었다. 1시간 정도 지나서 강의가 끝났다.

점심시간이 되었다. 이 근처에 청국장을 잘하는 집이 있다. 섭필이와 나는 그 식당에 갔다.

"지낼 만하세요?" 섭필이가 물었다.

"그럭저럭 지낼 만해… 그런데 섭필 씨는 요즘 어디에 다녀?"

"대우조선에 가있습니다." 섭필이가 대답했다. 대우조선에서 풍력 발전 사업을 시작했다는 이야기를 들은 적이 있다.

"어~ 대기업 갔네! 연봉이 얼마나 돼?" 대기업이라서 연봉이 꽤 될 것 같았다.

"오천 좀 넘습니다."

'대리가 그 정도 연봉이라니, 대기업이 좋긴 좋은가보다…' 이런 생각이 들었다.

"사는 것은 어디서 살아…?"

"군포에 삽니다."

"형님은 어디 사세요?"

"나는 성남에 살아."

"그런데 여기는 왜 오셨어요…?" 섭필이가 물었다.

"우리 회사에서 판매하는 제품이 여기에 몇 개 납품됐어, 그래서 그것 관련해서 좀 알아보려고 왔어…"

"그런데 풍력발전기하고 압축 공기하고 무슨 상관이 있어? 남는 전기로 공기 압축해서 저장하려고 하나?" 내가 물었다.

"맞아요…"

"그런데 암염층에 공기탱크를 만드는 것이 국내에서 될까?" 내가 이렇게 이야기하자 섭필이는 우리나라 시장을 보고 하는 것이 아니라 해외 시장을 보고 하는 거라고 이야기해주었다. 우리는 점심을 먹으며 이런저런 얘기를 많이 나누었다.

점심시간이 끝나고 오후 교육이 시작되었다. 오후에는 한국지질 연구원의 책임연구원이 나와서 압축 공기 저장 장치의 효율에 대하여 설명을 하였다. 이론상 효율이 90%까지 나올 수 있다고 설명했다. '공기를 압축해서 땅속에 넣으면 공기가 땅으로 스며들 텐데 어떻게 90%가 나온다는 것이지?' 이해가 가질 않았다. 그다음 시간에는 외국 사람이 나와서 공기 액화 기술에 대하여 설명하였다. 공기를 압축시켜서 액체로 만든다고 하였다. 그러면서 그 구조에 대하여 설명해주었다. 공기탱크도 간단한 것이 아니라는 것을 알 수 있었다. 어느덧 5시가 되었다. 교육이 종료되었다. 오늘은 새로운 것을 배울 수 있어서 유익했다. 섭필이와 나는 다음에 또 보자는 인사를 하고 헤어졌다.

다음 날 평상시와 같이 회사에 출근했다. 영업팀의 조 대리는 고객으로부터 전화를 받고 서지(Surge) 보호기에 대하여 설명을 하고 있었다. 그런데 갑자기 나에게 오더니 "두산에서 전화가 왔는데, 고객이 꼭 차장님하고 통화를 하고 싶다고 합니다." 이렇게 이야기하면서 나에게 전화를 넘겨주었다. 전화를 한 사람은 UNS에 있을 때 같이 근무를 했던 철희 형이었다. UNS를 퇴사하고 두산에 간 것이었다. 예전에는 동료였는데 이제는 고객이 된 것이다.

"오랜만입니다. 잘 지내십니까?" 인사를 했다. 그랬더니, 철희 형은 나를 보고 싶다며 방문해달라고 이야기했다. 바빠서 갈 시간 없다고 하자, 고객이 오라는데 왜 안 오냐는 식으로 이야기하며 계속 오라고 했다. 철희 형하고 나는 UNS에 있을 때 사이가 좋았었는데, 헤어질 때는 어떤 사건이 있어서 사이가 좋지 않게 헤어졌다. 만나면 갑질을 할까봐 걱정이 되어, 만나고 싶지 않았다. 그러나 고객이 한번 만나자고 하니 안 갈 수 없었다. 그래서 금요일 2시에 두산을 방문하기로 하였다.

금요일 선바위역에서 지하철을 타고 강남역에서 내려서 두산을 방문했다. 건물 입구에서 방문 등록을 하고 접견실에서 기다렸다. 조금 기다리니 철희 형이 안으로 들어왔다. 생각해보니 UNS을 퇴사하고 10년 만에 만나는 것이었다. 철희 형은 자판기에서 음료수를 뽑아주었다. 음료수를 한 잔 마시니 예전에 안 좋았던 기억이 싹 사라졌다.

"잘 지내나…? 불러도 오지도 않고…"

"오려고 했는데 시간이 안 났어…"

"거짓말 치고 있네…, 오기 싫어서 안 왔으면서…"

"바빠서 못 왔다니까…, 오기 싫었으면 지금도 안 왔지…"

"명함 좀 줘봐…" 철희 형이 명함을 달라고 했다. 형식적이지만 명함을 주고받았다. 명함을 보니 책임연구원이었다.

"야~ 대기업 와서 책임연구원 됐으니 출세했네…"

통상적으로 고객과 납품업체 사이에는 이런 대화를 주고받을 수 없는데, 우리는 예전에 같이 일하던 사이라서 그냥 편하게 이야기했다. 얘기를 들으니 요즘 두산은 8MW 해상 풍력발전기를 개발한다고 한다. 철희 형은 거기에 사용할 서지 보호기를 찾고 있었다. 나는 서지 보호기에 대하여 자세히 설명해주었다.

"서지 보호기는 1등급, 2등급, 3등급 제품이 있는데 보통은 2등급 제품을 많이 써, 값도 싸고 재고도 많아…, 형이 고른 것은 1등급인데, 꼭 이것을 쓸 필요는 없어, 값도 비싸."

그러나 철희 형은 방전 전류가 크기 때문에 1등급 제품을 써야 한다고 얘기했다. 고객이 비싼 것을 쓰겠다는데 납품하는 사람이 굳이 말릴 필요는 없었다. 그래서 1등급 제품으로 선정해주었다. 업무 얘기를 한 다음 우리는 지난 10년간의 이야기를 주고받았다. 철희 형은 UNS에 다닐 때 몸이 좋지 않아서 퇴사를 했었다. 얼마 동안 병원에 있었는지? 지금은 괜찮은지? 등을 물어봤다. 그리고 나서 풍력발전기에 대하여 이것저것 물어봤다.

"8MW 풍력발전기는 나셀 무게가 얼마나 돼? 한 200톤 되나?"

"그것보다 무거워…" 철희 형이 대답했다.

"그런데 왜 변압기를 나셀에 올리지? 그것도 수십 톤 나갈 텐데…"

내가 또 물었다. 그러자 철희 형은 "니는 몰라도 된다…" 이렇게 얘기했다. 무슨 비밀이라도 되는 듯이 얘기를 해주지 않았다. 자기도 모르는 것 같았다. 1시간 정도 상담을 하고 회사로 돌아왔다. 회사에 돌아오니 6시였다. 업무 일지를 쓰고 퇴근을 했다. 퇴근을 하면서 생각해보니, UNS에서 같이 근무했던 사람들은 전부 나보다 잘 나가는 것 같았다. 마음이 착잡했다. 그러나 나는 '위대한 발명을 할 것이기 때문에 대기업 다니는 사람들을 부러워하지 않아도 된다.'고 생각하며 스스로를 위로 했다.

운전을 하고 가면서 이 생각 저 생각을 했다. 그때 갑자기 번개같이 한 가지 생각이 스쳐 지나갔다. 풍력발전기 날개에 발전기를 붙이지 말고 컴프레서를 붙여서 공기를 압축하면 어떨까? 압축 공기를 만들려면 컴프레서가 필요하지만 발전기, 변압기가 필요 없기 때문에 나셀이 더 가벼워질 것이고 고장도 적게 날 것이기 때문에 더 좋을 것 같았다. 다시 한 번 생각해보니 완전 대박 날 것 같다는 생각이 들었다. 그래서 특허를 내야겠다는 생각을 했다. 잘하면 20년은 먹고살 수 있을 것 같다는 생각이 들었다.

특허 출원

퇴근하는 길에 도서관에 들렸다. 노트북 열람실에 들어가서 노트북을 켜고 특허 사무소를 검색했다. 제일 먼저 눈에 띄는 곳에 전화를 했다. "따르릉…" 신호가 갔다. 전화는 핸드폰으로 자동 연결되었다. 저녁 8시인데도 전화를 받았다. 특허 사무소 사장이었다. "지금은 너무 늦었으니 내일 아침에 전화를 드리겠습니다." 특허 사무소 사장이 내일 이야기하자고 했다.

다음 날 아침, 출근하는데 특허 사무소에서 전화가 왔다. 특허 사무소 사장이었다. 차를 길옆에 세우고 내가 생각한 아이디어에 대하여 설명을 했다. 특허 사무소 사장은 실용신안과 특허 중에 특허로 출원을 하자고 얘기했다. "오~." 뭔가 되는 느낌이었다. 나는 곧바로 비용이 얼마나 드는지 물었다. 250만 원 정도 한다고 했다. 견적서를 보내달라고 이야기했다. 퇴근하는 길에 또 도서관에 갔다. 노트북을 켜고 이메일을 확인했다. 견적서가 와있었다. 초기 출원할 때 160만 원 들고 특허 등록할 때 90만 원이 든다고 적혀있었다. 견적서를 받으니 약간 고민이 되었다. '특허 사무소에 맡기지 말고 그냥 내가 작성해 볼까?' 그러나 '전문가의 도움을 받는 것이 좋겠다.'는 생각이 들어 특허 사무소에 의뢰하기로 하였다. 다음 날 160만 원을 입금시켰다.

그런데 며칠 후 갑자기 '누가 먼저 특허를 낸 것은 아닐까?' 이런 궁금증이 생겼다. 돈을 내기 전에 먼저 검색을 해봤어야 했는데, 조금 늦었다. 하지만 지금이라도 검색을 해봐야겠다는 생각이 들었다. 퇴근하는 길에 또 도서관에 들렀다. 노트북을 열고 키프리스(www.kipris.or.kr)에 접속하여 비슷한 특허가 있는지 검색해봤다. 검색 창에 풍력발전기, 압축 공기를 쳐넣고 검색을 했다.

'뜨악…'

내가 생각한 것과 똑같은 것이 이미 특허로 등록되어있었다.

'헉, 160만 원을 날려 먹었네… 어떻게 하나…?'

내일 특허 사무소에 전화를 해서 상황을 설명하고 돈을 돌려달라고 얘기해야 할 것 같았다. 다음 날 특허 사무소에 전화를 했다. 여직원이 전화를 받았다. 상황을 이야기했다.

"제가 키프리스에서 특허 검색을 해보니까 똑같은 내용이 이미 특허로 등록되어 있었습니다. 특허 내도 소용이 없으니 돈을 돌려주십시오." 이렇게 이야기했더니 특허 사무소 여직원이 "전체적인 내용은 같지만, 분명히 틀린 부분이 있을 것이고 그 틀린 부분을 찾아서 특허를 받게 해주는 것이 자기들이 하는 일이므로 걱정 안 해도 됩니다."라고 이야기했다. 그래도 그냥 돌려달라고 이야기를 했더니 여직원이 사장을 바꿔주었다. 나는 사장에게 상황을 설명하고 돈을 돌려달라고 이야기했다. 그랬더니 사장도 비슷한 이야기를 했다. "걱정하지 않으셔도 됩니다. 나중에 특허 나오는지 안 나오는지 한번 지켜보자고요…" 이렇게 얘기했다.

그 말을 듣고 그냥 특허를 추진하기로 했다. 특허에 대하여 며칠 동안 생각해봤다. 아무리 생각해도 찜찜했다.

'특허를 받을 수는 있겠지만, 남들이 다 해놓은 것을 또 해서 무엇하겠는가?'

그러나 이미 돈을 냈기 때문에 취소는 힘들 것 같았다. 고민하다가 내용을 바꾸기로 마음먹었다. 얼마 전에 생각했던 하늘에 파이프를 연결하여 찬 바람을 끌어들이는 것으로 특허를 내야겠다고 생각했다. 혹시 몰라서 검색을 해봤다. '고고도 공기', '하늘 공기', '찬 공기'로 검색을 해봤다. 다행이도 내가 생각한 것과 같은 내용의 특허는 없었다. 다음 날 아침, 특허 사무소에 전화를 걸었다. 여직원이 전화를 받았다. 사장을 바꿔달라고 이야기했다.

"내용을 바꿔야겠습니다. 풍력발전기로 압축 공기 만드는 것은 남들이 다 해놨기 때문에 특허받아 봐야 소용이 없습니다." 이렇게 얘기했다. 그리고 나서 하늘에 파이프를 연결하여 찬 공기를 빨아들이는 것으로 특허를 내겠다고 이야기를 했다. 사장은 잘 알겠다고 이야기했다. 전화를 끊었다. 3일 후 특허 사무관이라는 사람으로부터 전화를 받았다. 특허출원서를 다 작성해서 이메일로 보냈다는 것이었다.

"벌써 다 작성했습니까?" 나는 깜짝 놀라서 물었다. "그럼요 제가 이 분야에서 벌써 20년째 일을 하고 있습니다." 그 사람은 자기가 이 분야에 베테랑이라서 일을 빨리빨리 한다고 얘기했다.

"아…, 그렇습니까? 일단 알겠습니다. 검토 후에 연락드리겠습니다." 당장 열어보고 싶었지만 낮에는 회사의 업무를 해야 하기 때문에 열어볼 수 없었다. 퇴근 후 집에 들어가기 전에 도서관에 들렀다. 노트북을 켜고 이메일을 확인했다. 특허출원서가 와있었다. 그런데 풍력발전기로 공기 압축하는 내용이 적혀있었다.

"내 얘기가 전달이 안 됐구만…!" 황당하였다.

다음 날, 그 사무관에게 전화를 걸었다.

"어제 특허출원서를 받아봤는데 내용이 잘못되었습니다."

"무슨 말씀이신지요?" 사무관이라는 사람이 되물었다.

"내용을 바꿨습니다. 그쪽 사장님한테 얘기 못 들었습니까?"

"금시초문입니다."

이 사무관이라는 사람은 내가 내용을 바꾼 것을 모르고 있었다. 그런데 이 사람은 특허 사무소 직원이 아니라 프리랜서라고 하였다.

'아…, 출원서를 프리랜서보고 쓰라고 하나?'

뭔가 수상했다. 그렇지만 취소를 할 것은 아니었다. 그래서 특허 내용을 변경한 이유와 과정을 처음부터 차근차근 설명했다. 그런데 이 사무관이라는 사람은 내 설명을 듣더니 엉뚱한 소리를 했다. 그것은 너무 간단해서 특허가 될 수 없다고 얘기했다. 그러더니 "파이프를 세워서 공기를 빨아들이는 것? 그게 무슨 특허야…?" 이렇게 얘기했다.

여름에 시원하게 지내기 위해서 찬 공기를 빨아들인다고 이야기하니까 그제야 알아들었다. 그리고 공기탱크도 있고 공기를 빨아들이는 것이 아니라 바람의 힘으로 밀어내리는 것이라고 설명하고 그 원리를 이야기해주었다. 특허 사무관은 잘 알겠다고 이야기했다. 전화를 끊었다. 며칠 뒤 사무관은 출원서를 수정하여 다시 보내주었다. 퇴근 후 또 도서관에 가서 노트북을 켜고 출원서 내용을 살펴보았다. 그런데 또 엉뚱한 내용을 적어서 보냈다.

'이거 바보 아니야? 전화 통화할 때는 다 알아들은 것처럼 얘기를 하더니 또 이상한 것을 적어왔네…'

자판기에서 음료수를 하나 뽑아 먹으면서 곰곰이 생각해봤다. 한 번의 전화 통화로 내용을 다 알 수 없을 것 같다는 생각이 들었다. 파워포인트로 그림을 그려서 몇 개 보내주고, 주말에 영상 통화를 해야겠다고 생각했다. 파워포인트를 사용하여 전체 개념도와 공기 압축기를 그려서 보내주었다. 그리고 다음 날 특허 사무관에게 전화를 걸었다. 특허출원서의 내용이 잘못되었다고 얘기하면서 자료를 보냈다고 이야기했다. 그리고 지금은 시간이 안 되니까 토요일 오전에 자료를 보면서 토의 좀 하자고 얘기했다. 사무관은 그렇게 하겠다고 대답했다. 토요일 오전, 집에서 책상을 펴고, 노트북을 올려놓고, 파워포인트 그림을 띄워놓고 사무관에게 전화를 걸었다.

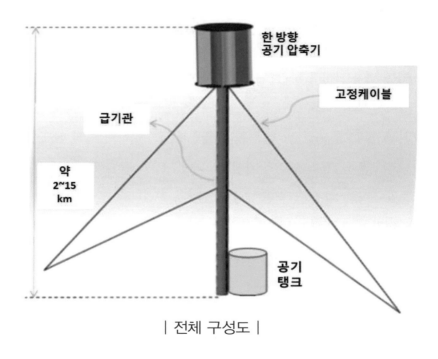

| 전체 구성도 |

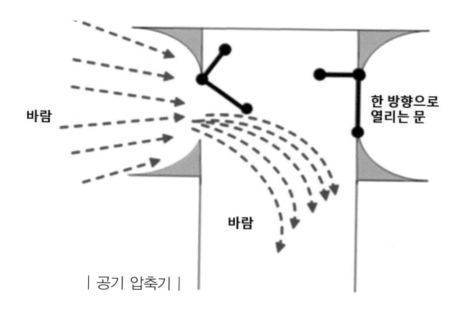

바람

바람

한 방향으로
열리는 문

| 공기 압축기 |

"컴퓨터 켜고 제가 보내준 파일 열어보세요." 내가 이야기했다.

"네…, 열었습니다." 사무관이 이야기했다.

나는 하나하나 자세히 설명하였다. 질의응답을 하면서 무려 1시간 30분 정도 통화를 했다. 전화기를 들고 있을 수도 없어서 스피커폰을 켜고 통화했다. 사무관은 그림을 보더니 애드벌룬 같은 것을 추가해야 될 것 같다고 이야기했다. 부력체가 없이 15km를 올라갈 수 없다고 이야기했다. 그래서 나는 부력체를 추가하라고 이야기했다. 더 궁금한 것이 없냐고 물어봤다. 사무관은 이제 내용을 확실히 이해했으며 다음 주까지 특허출원서를 다시 작성해서 보내주겠다고 이야기했다.

"이번에는 제대로 이해하셨지요?" 내가 물었다.

"네…, 확실히 이해했습니다." 사무관이 이야기했다.

며칠 뒤 사무관으로부터 전화가 왔다.

"출원서를 수정해서 보내드렸습니다."

퇴근 후 도서관에 가서 이메일을 확인했다. "우와~" A4 용지로 20장이 넘었다. 제대로 작성이 된 것 같았다. 그런데 한 문장 한 문장을 다 읽어보면서 모든 문장을 검토하는 것은 쉽지 않았다. 문장이 법률 문장 같았기 때문이다. "어떠어떠하고, 어떠어떠하며, 어떠어떠한 무엇." 이런 식으로 길게 적혀있었다. 문장이 길어서 읽기가 너무 힘들었다. 언제 이것을 다 읽고 검토를 할지 막막했다. 우선 발명의 명칭을 고치기로 하였다. 특허 사무소에서는 발명의 명칭을 "압축 공기 생성 장치"라고 붙여놨었다. 이것은 사무관이 붙인 명칭인데 너무나 부정확한 명칭이었다. 그래서 새로운 이름을 붙여야 했다.

첫 번째로 생각한 이름은 '고고도 대기 에너지 저장 장치'였다. 너무 멋있는 이름이었다. 그런데 이름이 너무 길었다. 그래서 더 쉽고 짧은 이름을 생각했다. '하늘 에어컨'이었다. 두 번째 이름이 마음에 들었다. 다음 날 사무관에게 전화했다. 발명의 명칭을 '하늘 에어컨'으로 바꿔 달라고 요구했다. 그랬더니 사무관은 발명의 명칭이 초등학생이 지은 이름 같은 느낌을 주기 때문에 좋지 않다고 얘기했다. 그래서 '고고도 대기 에너지 저장 장치'로 정하였다.

이제부터는 이 많은 내용의 본문을 하나하나 읽어보고 검토해야 한다. 퇴근 후 매일 매일 도서관에 가서 사무관이 써준 출원서의 내용을 조금씩 조금씩 검토했다. 내용을 검토하다 보니, 한 가지가 염려되었다. 부력체가 있으면 바람의 저항을 너무 세게 받아서 견디지 못할 것 같았다. 부력체를 제거하는 것이 좋을 것 같았다. 다음 날 사무관에게 전화를 걸었다.

"부력체를 빼는 것이 좋겠습니다."

사무관이 "아니, 부력체 없이 어떻게 15km를 올라갑니까?" 이렇게 얘기하며 따지면서 물었다.

나는 "왜 못 올라갑니까? 가벼운 재료를 쓰거나 크게 만들면 되는 것 아닙니까?" 이렇게 얘기했다.

내 이야기를 들은 사무관은 "그럼, 있는 경우와 없는 경우를 다 적어 놓을까요?" 이런 얘기를 했다.

나는 사무관의 제안을 받아들였다. 그래서 출원서에 두 가지를 다 적어놓기로 했다. 사무관이 특허출원서를 수정하여 보내주었다. 나는 검토하고 또 수정할 것을 적어서 알려주었다. 나는 주말마다 출원서를 검토하고 계속 수정을 하였다. 이렇게 3개월을 수정하여 출원서가 완료되었다. 사무관도 지겨웠는지 "이런 출원서는 처음 써본다."고 이야기했다.

드디어 2017년 11월 특허청에 특허출원서를 제출하였다. 전문가들과 같이 작업을 했으니 기다리기만 하면 특허가 나올 것이라고 생각했다. 그리고 한참 동안 특허에 대하여 신경 쓰지 않았다.

어느 날 영업팀의 최 대리와 함께 외근을 가게 되었다. 충청남도 서산에 있는 한 업체에서 우리 회사에서 납품한 제품을 사용하다가 문제가 발생하여 기술지원을 요청한 것이었다. 최 대리와 같은 차를 타고 외근을 가면서 이 얘기 저 얘기하다가 특허 출원한 이야기를 했다.

"최 대리, 전기를 안 쓰고 주위 온도를 10℃ 정도 낮출 수 있다면 대박 나겠지?"

"그게 가능한가요?" 최 대리가 물었다.

"응, 가능해. 내가 이번에 연구해서 특허 출원했어."

"어떻게 하는 건데요?"

"파이프를 하늘로 올려서 찬 공기를 끌어모으면 돼."

"공기 빨아들일 때 전기 필요하지 않나요?"

"높은 곳은 바람이 세기 때문에 그 바람을 이용하면 돼."

"파이프를 어떻게 세워요?"

"어떻게 세우다니…? 지름 100m짜리 만들어서 올리면 돼… 정 안되면 에드벌룬에 달아서 올리면 돼…"

최 대리는 한참 동안 생각을 했다. 나는 최 대리가 참 좋은 생각이라고 얘기할 줄 알았다. 그런데 최 대리는 "그게 그렇게 쉽게 된다면 다른 사람들이 먼저 만들지 않았을까요?"라고 말했다.

"내가 세계 최초로 생각해낸거야."

내가 이렇게 얘기하자, 최 대리는 "에이…, 설마요…" 이렇게 이야기했다.

'이렇게 답답해서야 원…'

"야! 너 도덕경에 뭐라고 적혀있는 줄 아냐?"

"뭐라고 적혀있는데요…?"

"하사문도(下士聞道), 대소(大笑)라고 했어."

"그게 무슨 뜻인데요?"

"바보는 도를 들으면 낄낄거리며 웃는다는 뜻이야. 왜 그러냐? 멍

청하기 때문에⋯ 니가 지금 그 꼴을 하고 있는 거야."

"저 안 웃었어요."

"그렇다면 중사문도(中士聞道), 약존약망(若存若亡) 수준이네⋯"

"그거는 무슨 뜻인데요?"

"'보통 사람들은 도를 들으면 긴가민가한다.'는 뜻이야."

"그럼 천재는 어떻게 해요?" 최 대리가 물었다.

"'상사문도(上士聞道), 근이행지(勤而行之)'라고 했어. 천재는 도를 들으면 애써 그것을 실천한다는 뜻이야."

"아⋯ 네⋯ 그렇군요."

최 대리는 '좀 한심하다'고 생각하는 것 같았다. 그래서 더 이상 얘기를 안 했다.

얼마 지나서 양 과장과 같이 외근을 갔다. 차를 타고 가면서 특허 출원한 이야기를 했다.

"내가 뭐를 생각한 것이 있는데, 그거 되면 여름에 에어컨 필요 없어."

"그게 뭔데요?" 양 과장이 물었다.

"파이프를 크게 만들어서 3km 정도 올리고 찬 바람을 끌어당기면 돼. 그러면 여름에 서울 시내를 다 식힐 수 있어."

"에이⋯ 그것을 어떻게 세워요⋯ 그리고 세상의 모든 번개를 다 끌어올 텐데요⋯?"

양 과장은 번개 때문에 안 될 것이라고 얘기했다. 그래서 나는 피뢰침과 접치케이블을 설치하면 된다고 이야기했다. 그러나 호응해주지 않았다. 그래서 더 이상 얘기하지 않았다.

며칠 후 고객 기술지원을 위하여 대구로 출장을 갔다. 아침 일찍 수서에서 SRT를 타고 동대구역으로 갔다. 9시 20분쯤 동대구역에서 김 과장을 만났다. 우리는 일단 대구 사무소로 갔다. 대구 사무소는 얼마 전에 건물을 사서 사무소를 이전했다고 들었다.

"이사한 데는 좋아?" 내가 물었다.

"옛날보다 훨씬 나아요. 일단 사무실이 넓으니까 생활하기가 편합니다." 김 과장이 대답했다.

대구사무소에 도착했다. 어떻게 해놨나 보았더니, 천정이 높은 사무실을 사서, 건물 내부에 계단을 설치하여 복층 형태로 사용하고 있었다. 내가 봐도 공간이 널찍한 것이 좋아 보였다. 대구 소장님과 얘기를 나누고 짐을 챙기고 업체로 출발하였다. 가면서 이 얘기 저 얘기하다가 특허 이야기를 했다.

"내가 이번에 뭐를 생각한 것이 있는데 그거 되면, 여름에 에어컨 없이 지낼 수 있어…" 내가 이렇게 얘기하자 김 과장은 분위기 파악을 못 하고 "왜 에어컨 없이 지내는데요…?" 이렇게 물었다.

"전기세가 많이 나오잖아…" 이렇게 얘기했더니,

"냉방비? 에이… 냉방비가 얼마나 나온다고 그러세요… 20만 원이면 충분하지 않아요?" 이렇게 얘기했다.

"도시 전체를 봐야지…" 이렇게 얘기했더니,

"그렇게 따지면 금액이 크기는 크네요… 그런데 어떻게 하는 거에요?" 김 과장이 물었다.

"하늘 높이 올라가면 공기 온도가 낮아… 파이프를 2km 정도 올려서 찬 바람을 끌어내리면 돼." 내가 이렇게 예기를 했더니,

김 과장은 차나리 땅속으로 들어가라고 했다. "20m만 내려가면 시원한데 뭐 하러 2,000m를 올라가요?"라고 이야기하며 하늘로 올라갈 필요가 없다고 이야기했다.

"이 사람아…, 땅속은 공기가 많지 않잖아." 내가 얘기했다.

"아! 그렇군요." 김 과장은 자기가 잘못 생각했다는 것을 인정했다. 그러나 한참을 얘기해본 결과, 김 과장도 좋은 방법이라고 생각하지 않았다.

몇 달 후, 정 이사님과 슈퍼에서 커피를 한잔하게 되었다. 나는 특허에 대하여 이야기를 했다. 그랬더니 정 이사님께서 "사막에 설치하면 되겠네."라고 하시면서 비교적 긍정에 가까운 말씀을 해주셨다. 나는 그 이후에도 특허에 대하여 직원들과 많은 이야기를 나누었다. 그런데 대부분 부정적으로 생각하고 있었다. 대부분 사람이 "어떻게 2km를 올라가느냐?"라며 세우는 것 자체가 불가능하다고 이야기를 했다. '내가 무엇을 잘못 생각한 것인가?' 남들이 다 안 된

다고 하니, 내가 뭘 잘못 생각한 것은 아닌지 의심이 되었다.

나는 누군가 똑똑한 사람을 찾아가서 물어봐야겠다고 생각했다. 고민한 끝에, 친환경 건축 분야의 세계적인 전문가이신 허 박사님을 찾아가서 물어보기로 하였다. 그분은 국내외의 여러 대형 사업의 자문 역할을 많이 하셨기 때문에, 나에게 명확한 무엇인가를 잘 말씀해주실 것 같다는 생각이 들었다. 수소문 끝에 요즘 충주에 머물고 계신다는 것을 알아냈다. 일주일 후 충주를 방문하여 허 박사님을 만났다. 명함을 주고받고 간단히 인사를 나눈 후에 곧바로 본론으로 들어갔다.

"제가 한여름에, 도시 전체에 시원한 바람을 공급하여, 에어컨 없이도 살 수 있게 만드는 장치를 고안했는데, 이것에 대하여 어떻게 생각하시는지 의견을 듣기 위하여 찾아왔습니다."

"뭔데?" 허 박사님은 한마디 말씀으로 물으셨다.

"하늘에 파이프를 올려서 찬 공기를 빨아들이는 것입니다. 한 3km 올라가면 공기 온도가 20℃ 정도 낮습니다. 그 공기를 대량으로 끌어들이면 여름에도 에어컨이 필요 없습니다."

그리고 나는 노트북을 켜서 PPT 자료를 띄워놓고 추가적인 것들을 설명하였다. 허 박사님은 잠시 생각을 하시더니 "맑은 공기를 대량으로 공급할 수도 있겠네…" 이렇게 말씀하셨다.

"네, 맞습니다." 나는 자신 있게 대답했다.

그런데 잠시 후 "비행기가 갈구쳐서 되겠나? 음… 어려워." 이렇게 말씀하셨다.

'어… 이 사람도 안 된다고 하네…" 이 사람은 좋은 아이디어라고 이야기할 줄 알았는데 역시나 부정적인 생각을 하고 있었다. 좀 더 자세한 이야기를 하고 싶었지만, 어디선가에서 걸려온 전화를 받고 계셨다. 나는 잠시 옆에서 대기했다.

그때 갑자기 유튜브에서 봤던 동영상 2개가 생각났다. 하나는 제2롯데월드 이야기이다. 555m 건물 허가받는 데 9년이 걸렸다. 비행기 지나가는 길에 건물을 짓는다고 하여 그렇게 많은 세월이 걸린 것이다. 그 생각을 하니 2km 이상 올라가면 아무래도 허가받기 힘들 것 같다는 생각이 들었다. 다른 한 개는 한 유명 정치인이 국회의원 할 때 국방부 사람들에게 질문하는 동영상이었는데, 그 사람은 국방부 사람들에게 "우리나라에 비행장이 몇 개예요?" 이렇게 물었다. 국방부 사람들이 대답을 잘 못하자 답답해하며 자기가 몇 개라고 이야기해주었다. 개수는 정확히 기억이 안 나지만 약 100개 정도 되었던 것 같았다. 허 박사님께서 통화하시는 동안 유튜브를 검색해봤다. 동영상을 봤더니 우리나라에 비행장은 66개라고 하였다. 민간 비행장까지 합치면 80개 정도 될 것 같았다.

우리나라에 비행장이 80개 정도라면, 2km 이상의 거대한 물체를 세운다면 전 국토에서 문제가 될 수 있을 것이라는 생각이 들었다.

순간 '아! 진짜 안 되겠다!'라는 생각이 들었다. 역시 듣던 대로 전문 가였다. 더 물어볼 것도 없었다. 인사를 하고 그냥 집으로 돌아왔다. 차를 몰고 오면서 돈 날려 먹은 것을 생각하니 너무 속상했다.

또 한 주가 시작되었다. 이번 주에는 영업 회의가 있다. 영업 회의 때는 각 지방 사무소에서 소장님들이 올라와서 월간 실적을 발표 한다. 순천 소장님도 올라온다. 순천 소장님은 특별히 나와 친하다. 나이 차이가 많이 나지 않은 이유도 있지만, 내가 예전에 대전 사무 소에서 근무할 때 회사에서 얻어준 전셋집에서 6개월을 같이 살았 었다. 영업 회의가 끝나고 순천 사무소 소장님을 성남터미널에 태워 다 주면서 차 안에서 특허 이야기를 했다. 발명의 내용에 대하여 이 야기를 하고 허 박사를 찾아간 이야기도 했다. 나는 허 박사님으로 부터 비행기 때문에 안 된다는 얘기를 들었다고 얘기했다. 그랬더니 순천 소장님이 "비행기 안 다니는 곳에다가 세우면 되지…" 이렇게 이야기했다. 그래서 나는 "우리나라에 비행장이 80군데는 되기 때 문에 전국에 걸리지 않는 곳이 없을 것 같아." 이렇게 얘기를 했다. 그러자 순천 소장님은 "왜 없어, 강원도에 세우면 되지…" 이렇게 이 야기했다. 그 말을 듣고 보니 그렇게 하면 될 것 같았다.

도시에 세우는 것보다는 효과가 덜 하겠지만 시골에 세우고 도 시까지 파이프를 연결하여 찬 바람을 공급하는 것도 시도해볼 만 한 것 같았다. 그런데 다시 생각해보니 그것은 말이 안 되었다. 강원도에서 서울까지는 100km가 넘는데, 2km 파이프를 못 세워서, 100km가 넘는 파이프를 설치하는 것은 어불성설이었다. 그러나 부산, 창원 이런 곳은 가까운 바다에 세워서 육지에 찬 바람을 공급하면 될 것 같았다. 그 생각을 하니, 아예 가능성이 없는 것은 아닌 것 같았다.

주말이 되었다. 이번 주 주말에는 부모님이 계신 고향 집에 왔다. 우리 고향 집 바로 옆에는 우리 큰집이 있다. 그날 큰집에는 사촌형이 와있었다. 우리 사촌형은 토목공학 박사이다. 토목공학 중에서도 구조역학 분야의 전문가이다. 큰집 식구들과 우리 식구들은 밖에서 돼지고기를 구워 먹었다. 나는 발명에 대하여 이야기를 했다.

파이프를 높이 세워서 찬 공기를 끌어오면 여름에 에어컨이 필요 없다는 얘기를 했다. 사촌형은 좋은 생각이라고 맞장구 쳐주었다. 그런데 조금 있다가 사촌형이 "파이프만 세우면 찬 공기가 그냥 내려올 수 있을까?" 이렇게 물으셨다.

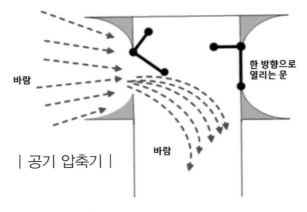

| 공기 압축기 |

나는 공기 압축기의 구조에 대하여 설명했다. 밖에서 안으로 열리는 문을 설치해서 바람이 불면 무조건 공기가 아래로 빠지기 때문에 설치만 하면 찬 공기가 그냥 내려온다고 이야기했다. 그러자 사촌 형님은 좋은 생각이라고 말씀하셨다. 나는 혹시나 하여 사촌 형님에게 이런 질문을 해봤다.

"그런데 2km까지 파이프를 세울 수 있을까?"

그랬더니 사촌 형님은 "공기 파이프는 버티고 서있기만 하면 되잖아…? 그거 막 흔들려도 상관없지?" 이렇게 물으셨다. 나는 그렇다고 대답을 했다. 그러자 "야…, 그러면 2km만 올라가냐? 10km도 올라가겠다." 이렇게 말씀하셨다. 그러면서 충분히 가능하다고 이야기하셨다.

"그런데 비행기 경로에 문제가 돼서 설치할 수 있을까?" 사촌 형님 역시 비행기 항로 문제를 지적하셨다. 그러더니 대전 이북으로는 힘들고 울산, 부산 이런 지역은 될 것 같다고 말씀하였다. 그 말을 듣고 이것은 일부 지역에 설치하는 것이 가능하다는 확신이 들었다. 그리고 허 박사님도 어렵다고 얘기했지 안 된다고 말씀하시지는 않았다는 것이 생각났다.

나는 이 발명을 계속 연구했다. 생각하면 생각할수록 대박이었다. 국제 출원을 해야 할 것 같았다. 특허 사무소에 전화를 했다. 특정한 나라에서 특허권을 행사하려면 그 나라에 출원을 해야 한다고 이야기했다. 나는 미국과 중국에 출원할 경우 얼마가 드는지 물어봤다. 둘 다 수백만 원이 들었다. 전 세계 출원하려면 몇억 원 정도 들 것 같았다. 돈이 너무 많이 들었다. 걱정되었다. 그때 특허 사무소 여직원이 PCT 출원에 대하여 알려주었다. 특허를 출원 후 12개월 안에 PCT 출원을 해놓고 30개월 안에 전 세계 어디든지 출원을 할 수 있다고 했다. 한마디로 시간을 끌 수 있는 제도였다. 금액은 300만 원이 안 되었다. 나는 다음 날 바로 입금을 했다. 그리하여 PCT 국제 출원을 하였다. 특허 거절당하면 모든 비용이 날아가지만, 특허를 못 받을 이유가 없다고 생각하여 과감히 투자하였다.

몇 주가 지났다. 오늘로써 특허를 출원한 후 1년이 지났다. 특허청에서 회신 올 때가 된 것 같다. 특허가 잘 진행되고 있는지 알아보기 위하여 특허 사무소에 전화를 걸었다. 여직원이 전화를 받았다.

"특허 출원한 사람인데…, 특허 나왔습니까?"

여직원은 특허청에서 거절을 받았다고 말했다. 그러면서 의례 한 번은 거절을 한다고 하였다. 내용이 궁금하여 특허청에서 받은 거절 통지서를 보내달라고 했다. 특허청에서는 특허 거절을 하면 일정 기간 내에 의견서를 제출하라고 알려준다. 출원인은 그 기간 내에 의견서를 제출하여 재심사를 요구할 수 있다. 나는 아주 오래전에 특허를 출원해봤지만 이런 사실을 잘 알고 있었다.

퇴근 후 도서관에 가서 거절 통지서를 자세히 읽어봤다. 그런데 어이없는 것을 발견했다. 의견서 제출 기간이 내일모레까지였다.

'고객을 뭘로 아는 거지?' 화가 났다. 다음 날 특허 사무소에 전화를 해서 버럭 소리를 질렀다.

"의견서 제출 기간이 내일까지인데, 왜 그동안 나한테 연락을 안 했습니까?" 그랬더니 담당자가 죄송하다고 했다. 나는 그때 특허 사무소에 맡겼다고 해서 무조건 마음을 놓아서는 안 된다는 것을 알았다. 의견서를 내일까지 쓰는 것은 불가능했다. 다행이 의견서 제출 기간을 연장할 수 있었다. 의견서 제출 기간을 2개월 연기했다. 일단 시간을 벌어놨다. 그런데 이제부터 퇴근 후에 도서관에 가서 또 특허 관련 일을 해야 하는 상황이 되었다.

'아~ 피곤한 내 인생~!'

다음 날부터 나는 퇴근 후 매일 도서관에 갔다. 거절 통지서에 적힌 내용을 자세히 읽어봤다. 거절 이유는 다른 사람이 유사한 특허를 출원했다는 것이었다. 유사한 특허를 출원한 사람은 한국 사람 1명, 미국 사람 1명이었다. 미국 사람은 물론 영어로 특허를 출원했다. 2건의 특허를 정밀 분석해서 정말로 이 사람들이 제출한 특허가 나의 특허와 유사한 것인지 아닌지를 검토해야 했다. 먼저 한국 사람이 낸 특허를 검토했다. 부력체가 있었고 부력체가 무엇인가를 끌고 있었다. '내 발명품은 무엇을 끌고 가는 것이 아닌데…' 척

봐도 내 특허와 다른 특허임을 알 수 있었다. 출원서의 내용을 읽어봤다. 내용도 달랐다. '아니 특허청에서 왜 이 특허가 내가 출원한 특허와 유사하다고 생각했지?' 심사관이 꼼꼼히 읽어보지 않았다는 생각이 들었다. 밑에 직원에게 일을 시켰는데, 밑에 직원이 키워드로 대충 검색하여 아무거나 올린 것 같다는 생각이 들었다. 좌우지간 내가 출원한 특허와 이 사람이 출원한 특허는 분명히 달랐다. 이제는 미국 사람이 낸 특허가 내가 낸 특허와 비슷한지 검토하는 일이 남았다. 영어를 읽으려고 하니 피곤했다. 그래서 오늘은 여기서 마무리하고 집에 들어가기로 했다.

다음 날 또 도서관에 갔다. 미국 사람이 낸 특허를 분석하기 시작했다. 먼저 그림을 봤는데 이해가 가질 않았다. 그래서 영어 문장을 읽어봤다. 그런데 몇 번을 읽어도 이해가 가질 않았다. 일단 문장이 길었다. and, or, which 등의 접속사로 쭉 이어져있었다. 몇 번을 읽어 봤지만, 세부적인 내용까지 이해할 수 없었다. 전기에너지를 공급하고 공기주머니가 있고, 등등을 봐서는 내 특허와 비슷한데 뭐가 뭔지 알 수 없었다. 그리고 뒷부분에 비즈니스 모델에 관한 내용이 적혀 있었다. 도대체 이것을 왜 적어놨는지 이해가 안 갔다. 그러나 모든 내용을 다 파악하지는 못해도, 확실한 것 하나를 알 수 있었다.

미국 사람이 낸 특허는 애드벌룬에 관한 것이었다. 내 특허와 전혀 다른 분야였다. 그러므로 여기까지만 파악을 해도 의견서를 작성하는 것이 가능할 것 같았다.

나는 토요일에 온종일 의견서를 작성하였다. 그러나 다 작성을 못 했다. 그래서 그다음 주 토요일에도 도서관에 가서 의견서를 작성하였다. 2주 만에 의견서를 완성하였다. 그리고 특허 사무소에 의견서를 보냈다. 주말이 가고 다시 월요일이 시작되었다.

의견서의 내용을 설명하기 위하여 특허 사무소에 전화를 걸었다. 그런데 담당자가 바뀌었다고 이야기를 했다. 사무장이 내 특허를 관리한다고 했다. 나는 걱정이 되었다. '일을 하던 사람이 계속해야지 중간에 담당자를 바꾸면 일이 진행되나?' 특허 사무소를 찾아가서 사무장이라는 사람을 만나서 내용을 이야기해야겠다고 생각했다.

목요일에 반차를 내고 특허 사무소를 찾아갔다. 가보니 그 사무소는 특허청 서울 사무소 맞은편에 있었다. 특허청 서울 사무소 건물을 보니 옛날 생각이 났다. '20년 전에 내가 찾아갔던 곳이 저 건물이었구나…' 이런 생각이 들었다. 특허 사무소로 올라갔다. 담당 사무장과 명함을 주고받으며 인사를 했다. 그리고 면담 겸 회의를 시작했다.

준비해온 서류를 펴고 이것저것을 지적하면서 나의 특허가 기존의 특허와 다르다는 것을 설명했다. 내가 내용을 꼼꼼히 살펴보고 이것저것을 지적하자 담당 사무장이 조금 놀라워했다. 상담을 마치면서 담당 사무장에게 내용을 최종 정리하여 특허청에 제출해달라고 요구했다. 그리고 언제쯤 특허가 나오는지를 물어봤다. 담당 사무장은 의견서를 제출하고 1~2개월 정도 지나면 특허가 나온다고 했다.

2달이 지났다. 연락 올 때가 됐는데 연락이 오질 않았다. 그래서 특허 사무소에 연락을 해봤다.

"특허 통과됐습니까?"

담당 사무장은 아직 특허청에서 연락을 못 받았다고 이야기했다. 그러면서 특허청에 확인해보겠다고 했다. 잠시 후 담당 사무장으로부터 전화가 왔다. 사무장은 "에너지 분야는 사회에 미치는 영향이 크기 때문에, 심사하는 데 시간이 많이 걸린다."고 하였다. 이야기를 듣고 보니 그런 것 같았다. "진작 좀 알려주지 그러셨어요…?"라고 이야기하자 담당 사무장은 에너지 분야의 특허를 다뤄본 지가 오래되어서 생각을 못 하고 있었다고 얘기했다. 나는 그냥 더 기다릴 수밖에 없었다. 한 달을 더 기다린 후에 특허 사무소에 연락을 해봤다. 이번에는 담당 사무장에게 직통 전화를 걸었다.

"특허 통과됐습니까?" 내가 물었다.

"아직 연락을 받지 못했습니다." 한 달 전과 똑같은 얘기를 했다.

"특허청에 전화해서 어떻게 된 것인지 확인해주시기 바랍니다."라고 얘기하고 전화를 끊었다. 잠시 후 담당 사무장한테서 전화가 왔다. 사무장은 "요즘에 에너지 관련 특허 출원이 급증하여 심사하는 데 시간이 많이 걸린다."는 얘기를 했다. '전화할 때마다 이유가 바뀌네…' 그러나 기다리는 수밖에 없었다.

그 후로 약 20일을 더 기다렸다. 특허 사무소에 전화를 걸었다.

"특허청에서 연락 왔습니까?"

"안 그래도 지금 연락드리려고 했습니다."

담당 사무장이 이번에는 조금 다른 이야기를 했다.

'아! 특허청에서 연락이 왔구나!' 나는 특허가 통과된 줄로 알았다. 그러나 담당 사무장은 이번에도 거절을 당했다고 이야기했다. 담당 사무장은 특허청 심사관이 발명의 신규성에 대하여는 인정을 했지만, 일부 내용이 명확하지 않아서 특허를 주지 않았다고 이야기했다. 그리고 담당 사무장은 자기 생각을 이야기했다. "아무래도 … 주지 않으려고 하는 것 같습니다. 이 에너지 저장 장치…, 이런 것은 아무리 해도 안 될 것 같습니다." 이렇게 얘기를 했다.

특허 사무소의 말을 무조건 믿을 수는 없었다. 그래서 특허청에서 받은 거절 통지서를 보내달라고 했다. 퇴근 후 도서관에 가서 특허청에서 온 거절 통지서를 꼼꼼히 읽어보았다. 한 문장 한 문장 읽으면서 거절 이유가 무엇인지 생각해봤다.

담당 사무장이 얘기한 대로, 새로운 기술인 것은 인정하지만 일부 내용이 이해가 가지 않는다는 내용이 적혀있었다. 제출했던 특허출원서에서 심사관이 이해가 안 간다고 얘기한 부분을 다시 읽어봤다. 심사관이 조금 헷갈릴 수도 있을 것 같았다. 그러나 담당 사무장의 말처럼 특허를 주지 않으려고 그러는 것 같지는 않았다. 그래서 다시 한 번 의견서를 작성하여 특허청에 제출할 생각을 했다.

최대한 자세히 설명을 덧붙여서 의견서를 작성하였다. '이렇게 자세히 적어주면 이해를 하겠지?' 그런데 좀 불안했다. 그래서 특허청 홈페이지에 들어가서 심사관을 직접 만날 수 있는 방법이 있는지 살펴보았다. '보정안 리뷰'라는 제도가 있었다. 심사관을 직접 만나서 어떻게 의견서를 작성해야 하는지 얘기를 들을 수 있는 제도였다. 나는 보정안 리뷰를 신청하기로 했다. 그런데 보정안 리뷰를 신청하기 위하여 또 별도의 서류를 작성해야 했다. '아~ 이 지겨운 문서…' 힘들었다. 그러나 꾸역꾸역 문서를 만들고, 그 문서들을 첨부하여 보정안 리뷰를 신청했다.

3일 정도 지나니, 1달 뒤에 심사관 면접이 확정되었다는 메일이 왔다. 한 달이 지났다. 대전에 있는 특허청을 방문했다. 특허청은 정부 대전 청사 4동을 전부 사용하고 있었다. '아~ 4동 전체가 특허청이었구나!'

나에게 정부 대전 청사는 상당히 익숙한 장소이다. 내가 대전에서 근무할 때 우리 회사 대전 사무소는 정부 대전 청사 바로 앞에 있었다. 나는 자주 직원들을 데리고 대전 청사 지하에 있는 식당으로 점심을 먹으러 왔었다. 그래서 여기는 상당히 익숙하다.

특허청 로비에서 방문 접수를 하고 기다렸다. 잠시 후 심사관이 내려왔다. 가볍게 인사를 했다. 그리고 1층 면접실에 가서 심사관과 면담을 했다. 준비해온 프린트물을 펴고 질의응답을 하면서 면담을 했다. 심사관이 이번에는 제대로 검토를 한 것 같았다. 아주 예리한 질문을 했다.

심사관이 출원서 수정 방향을 알려주었다. 그런데 콕 찍어서 어떻게 적으라고 얘기를 해주지 않고, "변리사들이 잘 쓰는 용어로 적으면 된다."고 애매하게 얘기했다. 황당하였다. 면담이 끝날 무렵에 나는 최종적으로 "이렇게 수정하면 특허를 받을 수 있습니까?"라고 물어봤다.

그랬더니 심사관이 "음… 그렇게 하면 될 것 같아…" 이렇게 얘기했다. 그런데 조금 있다가 "그런데…, 내가 된다고 해서, 다 되는 것은 아니고…" 이런 애매한 얘기를 했다. 그리고 상담을 마치고 자리에서 일어나는데 "어우~ 난 이런 것은 처음 봐…" 이런 얘기를 했다.

나이가 나하고 비슷할 것 같은데 자꾸만 반말로 얘기했다. 그래서 나도 반말로 얘기했다. "아, 당연하지… 세계 최초라고 얘기했잖아…" 그랬더니 심사관은 "그런데 돈은 다 냈을 거 아니야… 얼마 냈어?" 이렇게 물었다.

"160만 원 정도 냈어." 내가 대답했다.

그러자 심사관은 "많이도 냈네… 돈 다시 돌려달라고 얘기해…" 이런 얘기를 했다. 문을 열고 밖으로 나가는 길에 이런 얘기를 하는 바람에 그 말이 무슨 뜻인지 생각할 겨를이 없었다. 인사를 하고 특허청 밖으로 나왔다.

터미널에 가서 고속버스를 타고 성남으로 올라왔다. 올라오는 길에 버스 안에서 곰곰이 생각해보니 마지막에 심사관이 한 이야기가 뭔가 꺼름칙했다. "돈 다시 돌려달라고 얘기해…" 그 말은 특허를 받기 힘들다는 뜻 같았다. 그러나 이왕 한 거 끝까지 해야겠다고 생각했다.

다음 날 특허 사무소에 전화를 걸었다. 담당 사무장에게 심사관 만난 이야기를 해주었다. 그리고 일단 내가 의견서를 써줄 테니, 그것을 변리사들이 잘 쓰는 용어를 사용하여 수정하라고 이야기했다.

퇴근 후에는 도서관에 가서 노트북을 펴고 의견서를 작성하기 시작했다. 그런데 내용을 정리하다보니 짜증이 났다.

'내가 모든 일을 일일이 다 해야 되나? 내가 다 해야 한다면, 왜 대리인이 필요하지? 다른 데도 이런가?'

그러나 화를 낸다고 될 일이 아니므로 꾹 참고 열심히 의견서를 작성하였다. 보름 동안 수정하였다. 나름대로 최선을 다 했다. 작성한 의견서를 특허 사무소에 보냈다. 담당 사무장이 내가 작성한 의견서를 수정하여 다시 보내주었다. 검토하고 수정하는 작업을 몇 번 반복했다. 담당 사무장에게 최종 수정본을 특허청에 제출해달라고 이야기했다.

'이번에는 통과될 수 있을까…?' 걱정이 되었다.

2차 의견서를 내고 3달이 지났다. 특허가 나올 때가 된 것 같은데 연락이 오질 않았다. 특허 사무소에 전화를 해봤다. 담당 사무장은 아직 심사 중이라고 얘기했다. 혹시나 해서 특허청에 직접 전화를 해봤다. 여직원이 전화를 받았다. 그 여직원은 출원 번호를 불러달라고 했다. 출원 번호를 불러줬다. 그 여직원도 마찬가지로 아직 심사 중이라고 했다. 기다릴 수밖에 없었다.

한 달이 더 지났다. '이제는 특허가 나올 때가 됐는데…' 특허청에 또 전화를 걸었다. 그런데 아직도 심사 중이라고 했다. '또 거절되려나…?' 불안했다. 그러나 기다리는 것 이외에 별다른 방법이 없었다.

주말이 지나고 월요일이 되었다. 평상시와 다름없이 회사에 출근했다. 이메일을 체크했다. HTR이라는 회사에서 제품 교육을 요청했다. '어…, 서산에 또 내려가야겠구만!' 그런데 자세히 보니 서산이 아니라 인도였다. 교육을 하러 인도까지 가야 할 상황이었다. '아… 또 비행기를 타는 구나, 야호~' 그런데 교육할 날은 고작 2일이었다. 그래도 가는 시간, 오는 시간 합치면 4일이 홀딱 지나갈 것 같았다.

며칠 후 회사에서 끊어준 비행기 티켓이 나왔다. 그런데 2박 2일

일정이었다. 출발은 일요일에 하는 것이었다. 일요일에 출발하여 월요일 새벽에 인도에 도착해서 3시간 자고 출근하여 교육하고, 화요일 교육하고, 교육 끝나면 곧바로 비행기를 타고 돌아오는 일정이었다. 쉴 시간이 없었다. 잠은 비행기에서 자야만 한다. 매우 빡빡한 일정이다. '아… 꼭 날짜를 이렇게 잡아야 되나? HTR에서 교육비를 주기 때문에 회사의 비용이 많이 들 것 같지는 않은데…' 이유가 무엇일까? 궁금했다. 그렇지만, 이유를 생각할 필요는 없다. 해외 출장은 언제나 즐겁기 때문이다. 먹여주고 재워주고 출장비도 준다. 회사 다니면서 이것보다 더 좋은 일은 없을 것이다.

오늘은 토요일이다. 내일 인도로 간다. 일찍 자야 되는데, 주말에는 늦게 자는 습관이 들어서 잠이 안 온다. 새벽 2시 되어서 잠이 들었다. 일요일 아침이 되었다. 나는 계속 자고 있었다. 집사람이 깨웠다.

"오늘 인도 간다고 하지 않았어?"

시계를 보니 조금 늦었다. '어! 오늘 비행기 타야 되는데…' 후다닥 짐을 들고 택시를 타고 세이브존 근처에 가서 인천 공항으로 가는 버스를 탔다. 인천 공항에 도착해서 짐을 붙이고 출국 심사를 하는데 줄이 너무 길었다. 시간을 보니 벌써 비행기 탑승 시간이 되었다. 조금 뒤 타이항공에서 연락이 왔다.

"어디 계십니까? 비행기 출발할 시간이 다 되었습니다."

"지금 가고 있습니다. 조금만 기다려 주세요…"

인천 공항에서 비행기를 놓치면 개망신당한다. 나는 온 힘을 다해 달렸다. 혼자 가는 출장이라서 정말 다행이었다. 공항 안에서 이렇게 뛰어본 적은 처음이다. 비행기 출발 2분 전에 탑승구에 도착했다. 비행기 안에 들어가서 앉았다. 이번 인도 출장은 태국을 거쳐서 간다. 태국까지는 5시간 정도 걸린다. 비행시간이 유럽 가는 시간의 반이다. 2시간 정도 지나서 기내식이 나왔다. 나는 밥이 한 번 나오는지? 두 번 나오는지? 궁금했다. 승무원에게 물어보니 밥은 한 번밖에 나오지 않는다고 했다.

태국의 수완나품 공항에 내렸다. 지금은 오후 3시이다. 여기서 7시간을 기다린 다음 인도로 가는 비행기를 탄다. 앉을 만한 장소를 찾아보았다. 다행히 앉아서 노트북을 켤 만한 장소가 있었다. 앉아서 유튜브를 봤다. 몸이 뻐근하였다. 마사지를 받아야겠다고 생각했다. 한 마사지 가게에 들어가니 비지니스 클래스 손님만 받는다고 하였다. 다른 가게에 갔더니 그 가게도 마찬가지였다. 그래서 마사지 받는 것을 포기하고 그냥 여기저기 돌아다니며 공항을 구경했다. 여기저기 다니다보니 어느덧 7시가 되었다. 저녁 먹을 시간이 되었다. 식당에 들어가서 음식을 시켰다. 빵, 야채, 커피, 음료수를 시켰는데 한화로 약 15,000원 나왔다. 한국의 식당에서 사 먹으면 5천~6천 원 정도 될 것 같았다. 만일에 혼자서 여행을 온다면 먹을 것을 싸 오는 것이 좋을 것 같았다. 저녁을 먹고 탑승 게이트로 갔다. 비행기가 출발하려면 아직도 2시간 남았다. 주위에 에어컨이 있었다. 11월 말임에도 불구하고 찬 바람을 내보내고 있었다. 주위를 살펴보니 약 30m마다 에어컨이 있었다. 에어컨 옆에 편의점이 있었다. 편의점 주인에게 1년 내내 에어컨을 켜놓는지 물어봤다. 1년 내내 켜놓는다고 이야기했다. 공항 전체에서 소비하는 냉방 전력이 어마어마할 것이라는 생각이 들었다. '여기에다가 '하늘 에어컨'을 설치하면 좋겠군!' 잠시 이런 생각을 했다. 태국에서 밤 11시쯤 비행기를 타고 인도로 갔다.

인도에 도착하니 새벽 1시가 넘었다. 입국 비자 처리를 하고 공항을 나왔다. 택시를 타고 1시간 30분을 달려서 한국 사람이 운영하는 게스트하우스로 갔다. 게스트하우스에 가니 3시 30분이었다. 한국 사람이 나와서 안내를 해주었다. 그분은 몇 년 전부터 여기에 와서 게스트하우스를 운영하고 계신다고 했다. 방은 한국의 모텔보다 조금 못한 수준이었다. 1인용 침대가 있었는데 모기장이 쳐있었다. TV는 없었지만 와이파이가 있었다. 씻고 누우니 4시였다. '내일은 영어로 교육을 해야 하는데, 이제 잠 들어서 교육을 잘 할 수 있을까? 머리가 잘 돌아가야 하는데…' 걱정하는 마음으로 잠이 들었다.

6시에 일어나서 씻고, 밥을 먹고, 게스트하우스에서 마련해준 택시를 타고 기아자동차 인도 공장으로 갔다. HTR은 기아자동차 인도 공장 안에 있는 부품 회사이다. 30분 정도 택시를 타고 가면서 인도 풍경을 구경했다. 산에 풍력발전기들이 서있었다.

'인도에는 수줄론이라는 아주 큰 풍력발전기 회사가 있었는데 그 회사 지금도 있으려나?'

혹시나 택시 기사가 알 수도 있을 것 같아서 수줄론이라는 회사를 아냐고 물어봤다. 혹시나 했는데 역시나 모른다고 했다.

기아자동차 인도 공장에 거의 다 왔다. 조금 멀리서 보니 멕시코 공장과 구조가 비슷한 것 같았다. 택시 기사는 나에게 어디를 가냐고 물었다. 기아자동차 내에 있는 HTR을 간다고 얘기했다. 나는 택시 기사에게 HTR이 어디 있는 줄 아냐고 물었다. 다행이도 택시 기사는 HTR의 위치를 알고 있었다. 기아자동차 공장 안으로 들어가서 HTR 바로 앞까지 나를 데려다주었다. 똑똑한 기사를 만나서 다행이었다. 저녁에는 5시에 태우러 오라고 이야기하고 택시를 보냈다.

HTR 직원을 만났다. "안녕하십니까? 처음 뵙겠습니다." 악수를 하고 명함을 주고받았다. 무슨 교육을 얼마나 해야 하는지 얘기를 들었다. 오전 교육을 시작하였다. 긴장이 돼서 그런지 잠을 많이 못 잤는데도 피곤하지 않았다.

점심 시간이 되었다. 한국 주재원들을 위한 식당이 있었다. HTR 담당자와 함께 거기서 밥을 먹었다. HTR 담당자는 서산에서 근무하다가 인도에 온지 4년 정도 되었다고 이야기했다. 가족이 다 왔는데 집사람과 아이들은 뱅가루루 공항 근처의 시내에서 살고 자기는 회사 근처에 방을 얻어서 생활하면서 주말 부부를 하고 있다고 얘기했다. HTR 담당자는 한국의 상황에 대하여 물었다. 정치 경제에 대하여 내가 아는 것을 다 이야기해주었다. 좀 쉬었다가 오후 강의를 시작했다. 오전까지는 괜찮았는데 오후가 되니까 졸리기 시작했다. 15분간 휴식 시간을 가졌다.

그때 한국의 특허 사무소에서 전화가 왔다. 특허가 통과되었으니 비용을 내고 특허 등록을 하라는 것이었다.

'어~ 통과 되었구나!'

그 얘기를 들으니 기분이 좋아져서 졸음이 사라졌다. 인도에 출장을 와 있으니 한국에 가서 비용을 지불하겠다고 이야기했다. 5시쯤 교육을 마치고 퇴근을 했다. 게스트하우스에서 저녁을 먹고 씻었다. 졸음이 밀려와서 일찍 잤다. 다음 날 7시쯤 또 출근했다. 어제 푹 자서 그런지 오늘은 컨디션이 아주 좋았다. 강의를 하면서 인도 직원들과 얘기를 해봤다. 이상하게도 나이가 20~23살이었는데 모두 다 대학을 졸업했다고 했다. 오전에는 이론 교육을 하고 오후에는 실습장에 가서 실습 교육을 했다. 교육실에 들어가 봤는데 한국에서도 볼 수 없었던 최신 교육장이었다.

'이런 설비들을 교육을 위해서 투입하다니…, 세상에…'

여기에 있는 직원들은 회사를 다니면서 최고급의 교육을 받고 있었다. HTR 담당자에게 인도 직원들 월급을 물어봤더니 대략 20만 원이라고 했다. 중국보다 인건비가 쌌다. 인건비가 싸기 때문에 이런 교육을 시킬 수 있는 것 같았다. 우리나라는 인건비가 비싸서 큰일이라는 생각이 들었다. 오후 5시쯤 교육을 마쳤다. 이제 한국으로 돌아가야 한다. 어제 왔는데 오늘 한국으로 돌아가야 한다. 일단 택시를 타고 게스트하우스로 갔다. 저녁을 먹고 짐을 챙겼다. 게스트하우스에 계시는 한국 분들과 인사를 하고 택시를 타고 뱅가루루 공항으로 갔다. 한국으로 돌아갈 때도 타이항공을 이용하는데, 이 비행기는 태국, 대만을 거쳐서 인천 공항으로 간다. 태국에서 출발한 비행기가 곧장 한국으로 가지 않고 대만에 들렸다가 가는 지루한 귀국길이다. 인도에서 태국을 갔다. 태국에서 대만을 갔다. 대만에서 인천으로 출발했다. 드디어 인천 공항에 도착했다. 회사에 전화를 걸었다. 부장님께 전화하고 임원들에게 전화했다. 공항버스를 타고 집에 갔다. 집에 가니 저녁 8시가 되었다. 내일은 연차 휴가이기 때문에 출근 부담이 없다.

다음 날 9시쯤 일어났다. 이메일을 확인하고 특허 사무소에 등록비를 입금하였다. 전화를 걸어서 등록비를 입금했다고 얘기했다. 특허증은 언제 나오냐고 물어보니 입금 후 2주 정도 지나면 집으로 배달된다고 했다.

'아…, 이제 기다리기만 하면 특허가 나온다.'

가슴이 벅차올랐다. 그리고 이제 주말에 쉴 수 있게 되었다.

오늘은 토요일이다. 오랜만에 여유 있는 주말을 맞이했다. 요즘은 시간 날 때마다 유튜브를 본다. 이 얘기 저 얘기 듣는 것이 재미있다. "박민찬의 풍수 TV"라는 유튜브를 보게 되었다. 그 사람은 도선국사의 풍수를 전수받았다고 얘기했다. 그러면서 남사고가 자기의 직계 스승이라고 하였다. 나는 남사고에 대하여 좀 안다. 조선 중기 때 사람으로, 주역과 풍수지리에 도가 텄던 사람이라고 들었다. 남사고의 제자라면 찾아가서 운세 상담을 받아볼 필요가 있을 것 같았다. 그런데 찾아가면 돈을 달라고 할 것 같았다. 그래서 그냥 풍수 TV만 보기로 했다.

계속 풍수 TV를 보는데 그 사람은 청계천에 무궁화를 심어야 국운이 좋아진다고 이야기했다. 그러면서 청계천 비보 풍수를 하지 않으면 우리나라가 즉사한다고 하였다. 그런 이유로 '청계천 무궁화 심기 추진회' 회원들을 모집하고 있었다. 그런데 왜 '청계천 무궁화 심기 추진회'가 필요한지 이해할 수 없었다. '그냥 갖다 심으면 되는 것 아닌가?' 곰곰이 생각해보니, 도선 풍수 34대 전수자, 저 사람이 100가지를 아는 것보다 한 가지를 실천하는 것이 더 중요하다는 것을 모르는 것 같았다.

'저렇게 답답해서야 원…'

나는 직접 모범을 보여야겠다고 생각을 했다. 그 길로 과천 화훼단지에 가서 무궁화 묘목 5개와 호미를 샀다. 그리고 곧바로 청계천으로 갔다. 청계천 습지의 바닥을 호미로 파고 무궁화를 심었다.

"아~ 이제 다 됐다."

나는 청계천에 심은 무궁화를 사진 찍어서 카톡으로 박민찬 원장에게 보냈다. 그리고 메시지를 보냈다.

"유튜브에서 선생님 강의를 듣고 청계천에 무궁화를 심었습니다."

다음 날, 교회에서 예배를 드리고 있는데, 박민찬 원장으로부터 전화가 왔다. 예배 중에 전화가 온 것이다. "지금은 전화를 받을 수 없습니다." 메시지를 보냈다. 예배를 마치고 박민찬 원장에게 전화를 걸었다.

"안녕하십니까? 저는 풍수 TV 시청자입니다. 청계천에 무궁화를 심으면 국운이 좋아진다고 하셔서, 몇 개 심어봤습니다."

그랬더니 박민찬 원장은 그렇게 심는다고 되는 것이 아니라고 했다. '어~ 그럼 유튜브에서 한 이야기는 뭐지?' 그래서 무슨 특별한 방법이 있냐고 물었다. 그랬더니 박민찬 원장은 청계천에 아치형 구조물을 설치하여 청계천 전체를 덮어야 한다고 했다. 그 얘기를 하면서 나보고 '도선 풍수 과학원'을 찾아오라고 이야기했다. 나는 평상시에 '저 사람을 찾아가서 운세 상담을 받아 봐야겠다.'라고 생각하고 있었던 차라 잘 되었다고 생각했다. 자기가 불렀으니 돈 받지 않고 무료로 봐줄 것이라는 생각을 했다. 그래서 나는 찾아가겠다고 얘기했다. 평일은 회사를 다녀야 하기 때문에 어렵고, 토요일에 시간이 된다고 했다. 그래서 다음 주 토요일에 만나기로 하였다.

어느새 일주일이 지나갔다. 토요일 아침 일찍 지하철을 타고 '도선 풍수 과학원'을 찾아갔다. 문을 열고 들어가니 유튜브에서 보던 큰 세계지도가 보였다.

"처음 뵙겠습니다." 내가 인사를 했다.

"오느라고 고생 많으셨습니다."

원장님께서는 커피를 타주셨다. 커피를 마시면서 나는 왜 청계천에 무궁화를 심었는지 이야기했다.

"원장님께서 청계천에 무궁화를 심어야 한다고 하셨는데, 실행을 못 하시는 것 같아서 모범을 보여보려고 심어봤습니다."

그 말을 들은 원장님은 "그렇게 쉬운 것이면 벌써 했지!" 이렇게 말씀하셨다. 그냥 개천에 심는다고 되는 것이 아니고 청계천 6km를 다 덮어야 한다고 말씀하셨다. 그리고 왜 청계천을 덮어야 되는지 원리를 이야기해주셨다. 그리고 사업비가 300억 정도 든다고 이야기하셨다.

나는 그 이야기를 듣고 "돈만 있으면 되는 건가요?" 이렇게 물었다. "그렇지, 돈만 있으면 되지!" 원장님께서 대답하셨다.

"저는 매년 수천조의 수익을 낼 수 있는 것을 연구했습니다."라고 얘기하고 '하늘 에어컨'에 대하여 이야기했다. 준비한 동영상도 보여주었다. 박민찬 원장님은 감탄을 하시며 매우 긍정적인 평가를 해주셨다. 그리고 이것이 잘 될 것인지? 안 될 것인지? 본인 사주, 집터, 부인 사주를 종합적으로 보면 알 수 있다고 말씀하셨다. 또한 청계천 비보 풍수를 하면 더 잘 되는 길이 열릴 수 있다고 말씀하셨다. 얘기를 듣고 보니 그런 것 같았다. 그래서 나는 사주를 봐달라고 이야기했다. 그런데 돈을 내야 된다고 이야기하셨다.

'어?'

이것은 내가 예상했던 상황이 아니었다.

그러나 이왕 여기까지 왔으니 비용을 내고서라도 상담을 받는 것이 좋겠다고 생각했다. 1층에 있는 현금 인출기에서 현금을 찾아서 드렸다. 원장님은 내 사주를 보시더니 성공할 가능성이 높다고 말씀하셨다.

원장님께서는 운이 좋아야 뭐든지 잘 된다고 말씀하셨다. 한참 동안 얘기를 듣다가, 박민찬 원장이 트럼프 대통령한테 편지를 보냈다는 방송을 했던 것이 생각났다. 그래서 원장님한테 물어봤다. "원장님 지난번에 트럼프한테 편지를 보내셨는데, 답장을 받으셨습니까?" 혹시나 했지만 역시나 답장을 못 받았다고 말씀하셨다. 그런데 또 편지를 보낼 예정이라고 말씀하셨다.

"원장님, 편지보다 동영상을 보내세요… 트럼프가 언제 그 많은 내용을 읽어보겠어요…" 나는 나름대로 조언을 해주었다.

점심때가 되었다. 원장님께서 점심을 먹으러 가자고 하셨다. 점심을 사주신다고 하셨다. 근처에 있는 칼국수 집을 갔다. 원장님과 함께 식사를 하면서 평상시 풍수에 대하여 궁금했던 것을 물어보았다.

"풍수는 통계학입니까?" 내가 질문했다.

원장님께서는 "통계학이 아니야, 자연 과학이지…"라고 말씀하셨다. 그러고 나서 갑자기 "낙영이가 풍수를 하면 잘하지…!" 이런 말씀을 하셨다. 생각해보니 나도 풍수를 하면 잘할 수 있을 것 같았다. 그러나 지금은 아닌 것 같았다. 그래서 나는 "발명을 다 하고 시간이 남으면 풍수를 해보겠습니다." 이렇게 말했다. 점심을 다 먹고 식당에서 나왔다.

지하철을 타고 집에 오면서 풍수에 대하여 생각해봤다. 풍수는 단순히 바람과 물이 아니었다. 왜 풍수를 풍수라고 했을까? 풍수와 역술의 차이는 무엇일까? 그리고 청계천 비보 풍수에 대하여 생각해봤다. 왠지 그것을 해야 할 것 같았다. '내가 300억이 있다면 한번 해볼 텐데…' 안타까웠다.

특허 등록

그렇게 또 한 주말이 지나갔다. 다시 월요일이 되었다. 내일은 대전으로 곧바로 외근을 간다. 업체에 가서 LS PLC와 우리 제품을 연결시켜 놓고 동작 되는 것을 보여줘야 한다. 미쓰비시, 지맨스 PLC는 해봤지만, LS PLC는 다뤄보지 못했다.

그래서 하루 종일 LS PLC 매뉴얼을 보면서 공부했다. 아침 일찍 성남터미널에 가서 버스를 타고 대전복합터미널로 내려갔다. 대전 사무소 직원에게서 전화가 왔다. 30분 뒤에 데리러 온다고 했다. 시간이 좀 있어서 특허청에 전화를 걸었다.

여직원이 전화를 받았다.

"특허증 집으로 보냈습니까?" 내가 물었다.

"어제 발송을 했습니다. 아마 오늘 집에 도착할 것입니다." 특허청 여직원이 대답했다. 집사람에게 전화하여 특허증 받으면 사진 찍어서 보내라고 이야기했다.

잠시 뒤에 대전 사무소 직원이 도착했다. 차를 타고 일단 대전 사무소에 갔다. 대전 사무소에서 계측 장비를 챙기고 업체로 이동했다. 나는 그 업체에서 LS PLC와 우리 제품을 연결해놓고 우리 제품이 동작하는 것을 시범 보였다. 업무를 성공적으로 마무리했다. 고속버스를 타기 위하여 대전복합터미널에 갔다. 그때 집사람으로부터 특허증을 찍은 사진이 왔다.

"오~ 이것이 특허증이군!"

대전복합터미널에서 성남 가는 버스를 탔다.

버스 안에서 특허를 어떻게 파는 것인지 알기 위하여 유튜브를 검색했다. 한 동영상에서 어떤 사람이 나와서 기술거래장터에 내다 팔면 된다고 이야기했다. 다른 동영상을 봤다. 그 동영상에서는 자기가 원하는 값을 받기 위해서는 비공개로 진행해야 된다고 했다. 기술거래장터에는 특허를 비싸게 팔려는 사람과 싸게 사려는 사람들이 모이는데, 최대 수천만 원 선에서 거래가 이루어진다고 했다. 그러면서 특허로 돈을 벌려면 자기가 그 사업을 하는 것이 가장 좋다고 했다. 얘기를 들어보니 맞는 말 같았다. 그래서 직접 사업을 해봐야겠다는 생각을 하게 되었다.

그러나 이 발명은 내가 혼자서 구현할 수 있는 것이 아니었다. 일단 너무 크기 때문이다. 그리고 적당한 재료를 구하기가 어렵기 때문이다. '하늘 에어컨'의 전체 높이는 약 2km이고 급기관의 지름은 약 100m이다. 큰 제품은 높이가 8km 정도 될 것이다. 그래서 누군 가의 도움을 받아야 했다. 그것도 대단한 사람의 도움을 받아야 했 다. 시간적, 경제적 여유가있으면서 기업과 사회에 두루두루 영향을 줄 수 있는 누군가를 찾아가야 했다.

'누구를 찾아가야 도움을 받을 수 있을까?'

한참 동안 생각해본 결과, 이명박 전 대통령이 가장 적당할 것 같 았다. 시간도 있을 것이고, 돈도 있을 것이고, 인맥도 넓을 것이고, 현대, 효성 그룹에 영향력도 미칠 수 있을 것 같았다. 나는 이명박 전 대통령을 찾아가기로 하였다. 연락처를 알기 위하여 인터넷을 검 색했다.

그런데…, "오잉~!" 징역을 살고 있었다.

"헐~ 이명박이 왜 감옥에 가 있지…?"

이유가 무엇인지 알 수 없었지만 도움을 받기는 힘들 것 같았다. 잠시 고민을 했다. 팬앤드마이크의 정규재 대표가 떠올랐다. 정규재 대표는 재계에 아는 사람도 많고 이명박도 잘 알기 때문에 먼저 이 사람을 찾아가서 누구를 만나면 좋을지를 물어보는 것이 좋을 것 같았다. 정규재 대표에게 이메일을 보냈다. 그러나 회신이 없었다. 팬앤드마이크에 전화를 했다. 여직원이 전화를 받았다.

"팬앤드마이크 시청자입니다. 정규재 대표님과 면담을 하려고 합 니다. 시간 약속을 할 수 있을까요?"

여직원은 "면담을 하기 위해서는 일주일 전에 약속을 하고, 방문하기 하루 전에 또 확인을 해야 한다."고 이야기했다.

간신히 약속 날짜를 잡았다. 드디어 정규재 대표를 만나기로 약속한 날이 되었다. 회사에 오후 반차를 내고 팬앤마이크를 방문하였다. 종각역에서 걸어서 10분쯤 가니 건물이 나왔다. 8층으로 올라갔다. 여직원에게 면담하러 왔다고 이야기하니 자리에 앉아서 기다리라고 했다. 조금 기다리니 정규재 대표가 들어왔다.

"안녕하십니까?" 나는 일어나서 인사를 했다.

"앉으세요…" 정규재 대표가 앉으라고 이야기했다.

나는 앉자마자 곧바로 방문한 이유를 이야기했다.

"저는 정치적으로 보수적인 성향을 가지고 있습니다. 제가 아주 좋은 것을 생각했는데…, 이것을 어디에 가서 이야기해야 할지 몰라서 찾아왔습니다."라고 이야기한 뒤에 준비해온 프린트물을 들고 '하늘 에어컨'에 대하여 이야기했다. 파이프를 2~3km 올려서 찬 공기를 빨아들이면 여름에 에어컨이 필요 없다고 이야기했다.

정규재 대표는 내 이야기를 쭉 들으셨다. 내용에 대하여 어느 정도 이해를 하시는 것 같았다. 이것저것 물어보시기도 하였다. 나는 계속 설명을 했다. 하늘에 있는 공기는 차기도 하지만 깨끗하므로 미세먼지가 많은 우리나라에서는 매우 유용하다는 것을 설명하였다. 그 얘기를 들으시더니 갑자기 관심을 가지시기 시작하셨다. 내가 가지고 온 프린트물을 살펴보시더니 이런 것을 연구하는 단체가 있냐고 물어봤다. 단체는 없고 그냥 혼자서 연구했다고 이야기했다. 가만히 표정을 보니 어느 정도 긍정적인 생각을 하시는 것 같았다. 그런데 조금 있다가 "이것은 정치와는 상관없고…" 이렇게 말씀하셨다. 그리고 프린트물을 보시면서 "이런 것은 아무리 얘기해 봐야 감당이 안 돼…" 라고 말씀하셨다. 그러더니 "도움을 주지 못해서 죄송합니다."라고 말씀하시고 "지금 일을 해야 한다"고 말씀하셨다. 상황이 그렇게 되어서 인사를 하고 팬앤드마이크를 빠져나왔다.

집에 와서 가만히 생각해보니, 내가 설명을 잘못해서 정규재 대표가 제대로 이해를 하지 못한 것 같다는 생각이 들었다. 다시 한 번 만나러 가야겠다는 생각이 들었다. 그러나 시간을 맞추기가 힘들 것 같았다. 생각을 좀 해보니, 다시 찾아가는 것보다 내용을 설명하는 동영상을 만들어서 보내주는 것이 좋겠다고 생각했다. 핵심적인 내용만 간추려서 동영상을 만들기로 작정했다.

먼저 동영상 제작 프로그램을 찾아봤다. 반디캠이라는 프로그램이 제일 유명했다. 한컴오피스를 실행시키고 반디캠을 실행시켜서 동영상을 만들었다. 쉽지 않았다. 처음 만들어보는 동영상이라서 그런지 만들어놓고 보면 뭔가 이상했다. 다시 만들고 또다시 만들었다. 2주 동안 고생하여 드디어 동영상을 완성했다. 서론에서는 발명에 대하여 설명하는 내용을 넣었다. 본론에서는 발명의 효과와 만드는 방법에 대하여 설명하였다. 결론에서는 특허를 구매하거나 회사를 차려서 나를 사장으로 스카웃 해달라는 요청을 하였다. 나는 카카오톡으로 그 동영상을 정규재 대표에게 발송했다.

몇 주가 지났다. 팬앤마이크를 보다 보니 정규재 대표가 우리나라 국민소득을 5만 불, 6만 불, 10만 불까지 올리는 방법에 대하여 연구 한다고 말씀하셨다. 가만히 생각해보니, 나의 발명에 대하여 제대로 이해를 하신 것 같았다. 그렇지 않고서야, 이 시점에서, 1인당 국민소득 10만 불을 이야기할 수 없다고 생각했다.

이제 어디선가 연락이 올 것이라는 생각이 들었다.

청계천 비보 풍수 후원

몇 달이 지나서 환경기술원의 혁신기술팀에서 연락이 왔다. 내 발명을 공동 연구해보자고 하였다. 그러면서 다음 달에 열리는 환경기술 세미나에서 특별 세션을 마련해줄 테니, 발표를 해보라고 이야기했다. '드디어 기회가 왔다.'는 생각이 들었다.

나는 세미나 비용을 얼마 줄 것인지 물었다. 환경기술원 담당자는 1,000만 원을 준다고 했다. 나는 흔쾌히 승낙했다. 한 달 동안 PPT 자료를 만들었다. 환경기술원이라는 기관의 성격에 맞게 이산화탄소를 감소시키는 효과와 미세먼지를 줄이는 효과에 대하여 집중적으로 강조하는 자료를 만들었다. 드디어 발표 날이 되었다. 아침 일찍 대전으로 내려갔다. 식순을 보니 내가 발표할 시간은 맨 마지막 2시간이었다.

사회자의 주도하에 세미나가 진행되었다. 드디어 내가 발표할 시간이 되었다. 사회자는 "이 시간에는 수년 전부터 나 홀로 외로이 이산화탄소를 줄이는 방법에 대하여 연구를 해오신 한 발명가를 소개해 드리겠습니다."라고 소개를 하였다.

나는 본격적인 발표에 들어가기 전에 내 소개를 했다. 그리고 이산화탄소가 많이 배출되는 이유를 설명했다. 에너지를 생산하는 과정에서 생성되기 때문이라는 것을 이야기했다. 그리고 에너지의 대표적인 형태는 전기에너지이므로, 전기에너지 사용을 줄이면 이산화탄소를 줄일 수 있다고 이야기했다. 그리고 IEA의 통계 자료를 인용하여 냉방에 필요한 전기에너지는 전체 전기에너지의 약 10%이며, 이 비율은 점점 늘어나는 추세라는 것을 이야기했다. 이 에너지를 줄일 수 있다면 그만큼의 이산화탄소를 줄이게 되는 것이라고 설명했다. 사람들은 당연하다는 표정을 짓고 있었다. 그리고 나서 세미나 참석자들에게 질문을 던졌다.

"만일에 전기에너지를 사용하지 않고, 대량의 찬 공기를 만들 수 있다면 어떻게 될까요?"

"아~ 대박이지!" 한 참석자가 이야기했다.

"네 맞습니다. 대박입니다. 제가 오늘 대박 나는 방법에 대하여 말씀드리겠습니다." 나는 맞장구를 쳤다. 사람들이 믿을 수 없다는 표정을 지었다. 나는 준비해온 그림을 띄웠다.

그리고 대기권의 온도 분포에 대하여 설명하였다.

"위로 1km 올라가면 온도가 6.5℃낮아집니다. 2km 올라가면 약 13℃정도가 낮아집니다. 이 찬 공기를 냉방에 활용하면 냉방 전력을 아낄 수 있습니다."

일부 사람들이 동의했다. 그런데 일부 사람들은 찬 공기를 어떻게 끌어내릴 것이냐고 물었다. 그래서 다음 그림을 띄웠다. "이것이 이번에 특허받은 발명품입니다. 하늘에 있는 차고 강한 바람을, 한 방향 공기 압축기로 모은 다음, 지상으로 끌어 내려서 공급하는 것입니다. 필요하면 공기탱크에 저장할 수도 있습니다."

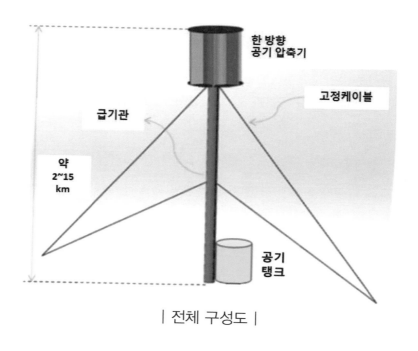

| 전체 구성도 |

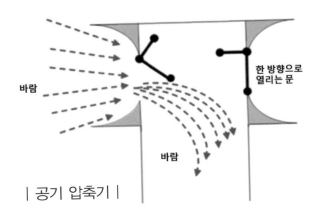

| 공기 압축기 |

"2km만 올라가면 풍속이 20~50m/s 정도 됩니다. 그림과 같이 한 방향으로 열리는 문이 달린 공기 압축기를 설치하면 에너지를 상용하지 않고도 찬 공기를 밑으로 끌어 내릴 수 있습니다." 이렇게 설명했다.

이 설명을 하자 사람들이 일어서서 박수를 치기 시작했다. 우레와 같은 박수가 쏟아져 나왔다. 나는 사람들을 진정시켰다.

"아직 놀라기에는 이릅니다."

그다음 미세먼지의 심각성과 대책을 이야기했다.

"지금도 심각하지만 앞으로 미세먼지는 국민의 생명을 위협할 것입니다. 중국 동해안에 대규모 쓰레기 소각장이 지어지고 있기 때문에 미세먼지의 농도가 높아지는 것을 피할 수 없습니다." 이 내용에 대하여 사람들이 다 동의했다. 나는 참석자들에게 질문했다.

"여러분 미세먼지가 어느 정도 높이에서 떠돌아다니는지 아십니까?"

참석자 한 분이 "600~800m에서 떠돌아다닙니다." 이렇게 대답했다.

나는 또 질문했다. "그러면 2km 위에는 미세먼지가 있을까요? 없을까요?"

다른 참석자 한 분이 "없겠지…" 이렇게 대답했다.

"그러면 2km 위에 있는 차고 맑은 공기를 대량으로 땅에 공급하면 미세먼지가 어떻게 될까요?"

한참 동안 침묵이 흘렀다. 대답이 나오질 않아서 나는 예를 들어서 설명을 했다.

"그릇이 있고 그릇에 먼지가 있습니다. 그릇에 빨대를 대고 바람을 불면 어떻게 됩니까?"

또 침묵이 흘렀다. 그래서 내가 계속 이야기했다.

"먼지가 일어납니다. 왜 먼지가 일어날까요? 그릇 표면에서 위로 올라오는 공기의 흐름이 발생했기 때문입니다." 이렇게 설명하자 사람들이 다 이해하였다.

"서울 시내에 '하늘 에어컨'을 설치하여 대량의 맑은 공기를 공급하면 어떻게 될까요? 서울 시내 주변에는 산이 있기 때문에 밑에서 위로 올라오는 공기의 흐름이 발생하겠지요?"

사람들이 모두 다 동의했다. 나는 마지막으로 질문했다.

"그러면 미세먼지가 지상으로 내려옵니까? 못 내려옵니까?"

"못 내려옵니다." 참석자 한 분이 씩씩하게 이야기했다.

"맞습니다." 나는 큰 그림을 띄웠다. 그리고 이 과정을 5단계로 나누어 하나하나 설명했다.

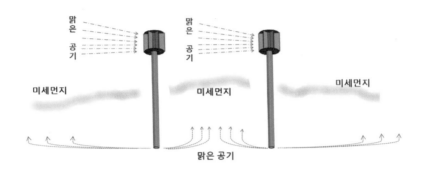

1. '하늘 에어컨'으로, 고고도 공기를 압축하여,

2. 높은 압력으로, 도시의 지표면에 대량 공급하면,

3. 지표면의 공기의 밀도가 증가하고,

4. 위로 올라가는 공기의 흐름이 발생하여,

5. 미세먼지가 밑으로 못 내려옵니다.

이 설명을 하자마자 우레와 같은 박수가 터져 나왔다. 나는 서울시 지도를 펴놓고 어디에 설치하면 좋은지를 설명하고 그 효과를 강조하여 설명하였다.

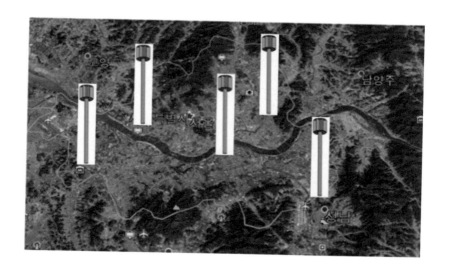

　"서울시 같은 경우는 위와 같이 5군데에 '하늘 에어컨'을 설치하여 맑은 공기를 대량으로 공급하면 미세먼지가 못 내려올 것입니다. 시민들은 맑고 시원한 공기를 마실 수 있어서 피로가 덜 쌓이고, 면역력이 강해져서 전염병에 안 걸리게 될 것입니다."라고 설명하였다.

　설명이 끝나자마자 참석자들은 "세상에 저렇게 위대한 발명은 처음 본다.", "미세먼지 문제 해결되었다." 등의 이야기를 하며 극찬을 했다. 예정 시간보다 30분 정도 지나서 세미나가 종료되었다. 세미나가 끝나고 나는 환경기술원과 기술 MOU를 체결했다. 400억 원을 받고 이 특허를 환경기술원에 대여해주기로 하였다. 그리고 미세먼지 예측과 개선을 위한 연구 용역 계약을 체결하였다. 연구 용역비는 100억 원이었다. 그래서 500억 원의 수익이 발생하였다.

며칠 뒤 통장에 돈이 들어왔다. "아~ 돈 들어왔다."

'500억 원으로 무엇을 할까?'

일단 노후 대비로 20억 원을 챙겨두었다. 그리고 부모님 형제들에게 30억 원을 드렸다. 그리고 친척들에게 50억을 나눠드렸다. 그렇게 하고도 400억 원이 남았다. 나는 뭔가 의미 있는 일을 하고 싶었다.

'어디에다가 이 돈을 써야 잘 썼다고 소문이 날까?'

청계천 비보 풍수가 생각났다. 박민찬 원장님에게 전화를 걸었다.

"안녕하십니까?"

"어~ 이낙영 씨 웬일이야…?"

"다른 것은 아니구요… 청계천 비보 풍수 잘 되십니까?"

"아직 시작도 못 했어… 자금이 모이질 않아…"

"제가 그래서 전화드렸습니다. 제가 300억 내겠습니다."

전화를 끊고 '도선 풍수 과학원'을 찾아갔다. 300억을 기부했다. 나는 그동안에 있었던 이야기를 해주었다. 그랬더니 박민찬 원장님께서는 "거봐 내가 된다고 했잖아… 그런데 앞으로는 국운이 더 좋아지기 때문에 지금보다 100배 이상 더 잘 될 거야…" 이렇게 말씀하셨다. 이야기를 듣고 보니 충분히 그럴 가능성이 있다는 생각이 들었다.

하늘 공기 연구소 차림

청계천 비보 풍수를 시작한 후 얼마 지나지 않아서 환경 기술원에서 나의 발명을 올해의 신기술로 선정하였다. 그리고 연일 방송에 나왔다. 그러자 기계연구원, 전력연구원, 수자원연구소, 항공우주연구원 등의 정부 출연 연구소에서 나를 초청하였다. 나는 각각의 연구소에 돌아다니며 세미나를 하였다. 역시 반응은 뜨거웠다. 가는 곳마다 기립 박수를 받았다. 정부 출연 연구소에 근무하던 외국인들은 모두 "언빌리버블!"을 연발하면서 감탄을 금치 못했다. 연구소들은 각종 연구 용역을 의뢰했다.

기계연구원은 '시스템 구조에 따른 구조적 안정성'에 대한 연구를 의뢰하였다. 전력연구원은 '고고도의 찬 공기가 여름철 전력 수요에 미치는 영향'에 대한 연구 용역을 의뢰하였다. 항공우주연구원에서는 '고고도 대기 에너지 저장 장치가 항공기 운항에 미치는 악영향을 회피할 수 있는 시스템'에 대한 연구 용역을 의뢰하였다. 일감이 넘쳐났다. 넘쳐나는 일감을 감당할 수 없었다. 본격적으로 연구

업무를 하기 위하여 '하늘 공기 연구소'라는 회사를 차리기로 했다. 사무실도 차리고 직원도 뽑아야 했다.

원주 기업 도시에 연구소를 차렸다. 나는 개업과 동시에 연구원 9명과 비서 1명을 채용했다. 그리고 전기연구팀, 기계연구팀, 재료연구팀, 경제연구팀, 환경연구팀을 만들었다. 조직을 완성하고 본격적인 연구 활동에 들어갔다.

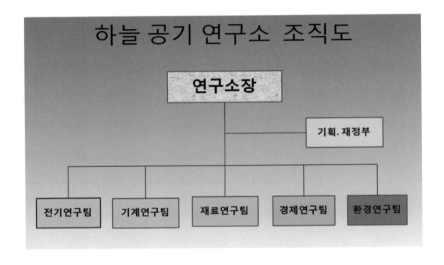

우리의 주된 연구 과제는, 바람이 세게 불 때, 특정 모양의 '하늘 에어컨'이 바람에 넘어가느냐? 넘어가지 않느냐?를 예측하는 것이었다.

우선 고성능의 가상 실험 장치가 필요했다. 빠른 연산 능력을 갖춘 초저전력 노트북 컴퓨터가 필요했다. 그래서 삼성전자에 의뢰하여 3진법 반도체를 적용한 컴퓨터를 주문 제작했다. 우리는 그 컴퓨터에 Java를 사용하여 개발한 프로그램을 얹어서 가상 실험 장치를 완성했다. 그리고 그 가상 실험 장치를 사용하여 다양한 모의 실험을 하였다.

우리는 100가지의 재료, 100가지의 '하늘 에어컨'의 모양, 100가지의 풍향, 풍속에 대하여 가상 실험을 진행하였다. 그 결과, 몇 가지 중요한 사실을 밝혀냈다.

첫째, '하늘 에어컨'은 크게 만드는 것이 경제적으로 유리했다. 풍력 발전기와 같은 경제적 논리가 적용되었다. 대량의 찬 바람을 끌어내려야 경제적 효과가 컸다. 시스템 설치 후 2년 안에 본전을 뽑으려면 공기 압축기의 크기가 직경 60m, 높이 60m가 되어야 했다.

둘째, 가장 문제가 되는 것은 무게였다. 무게를 줄였더니 기계적 강도가 약해졌다. 기계적 강도를 높였더니 무거워져서 2km 이상 올라갈 수가 없었고 시스템이 어마어마하게 커져서 크기와 비용을 감당할 수 없었다. 최대한 가볍고 단단한 재료를 찾는 것이 관건이었다. 우리는 최근에 효성에서 개발한 엔지니어링 플라스틱에 주목하였다. 폴리켑톤이라는 소재인데, 무게가 알루미늄의 절반 정도이고, 내충격성, 내화학성, 내수성이 뛰어났다. 우리는 폴리켑톤으로 '하늘 에어컨'을 만들 경우 2km 이상 올라갈 수 있는지? 바람에 견딜 수 있는지? 가상으로 실험해보았다. 이것 역시 무거웠다. 무게를 줄이기 위하여 모든 벽을 벌집 모양으로 설계하였다. 그러나 그것조차도 무거웠다. 큰 애드벌룬을 사용하여 들어올리는 것을 고려하였다. 그런데 부력체가 바람의 저항을 받는 것이 문제가 되었다. 바람의 저항을 견디기 위해서는 급기관의 벽을 더 두껍게 만들어야 했다. 그것 때문에 부피와 중량이 더 늘어나는 문제가 발생하였다. 드론을 사용하여 들어올리는 것을 고려하였다. 드론이 고장 날 경우 대형사고로 이어지는 문제점이 예상되었다. 또한 드론의 에너지 소모량이 엄청난 것으로 계산되었다. 여러 가지를 검토한 결과, 공기보다 가볍고 강철만큼 강한 신소재를 사용하여 자체 무게를 줄여야 한다는 결론에 도달하였다.

무게 다음으로 문제가 되는 것은 낙뢰였다. 평균적으로 10분마다 한 번씩 번개를 얻어맞았다. 수천 암페어의 전류가 흐르는 바람에 플라스틱 종류는 전부 녹아버렸다. 낙뢰로부터 '하늘 에어컨'을 보호하기 위하여 '하늘 에어컨' 외벽을 얇은 동박으로 씌우는 것을 고려해봤다. 그러나 그 얇은 동박도 수십 미터의 둘레 길이로 수천 미터의 높이를 올라가니 무게가 백 톤이 넘었다. 가볍고 단단하다고 해서 문제가 다 해결되는 것이 아니었다. 가볍고 단단한 금속이 있어야 문제가 해결되었다. 인터넷에서 가장 가벼운 금속을 검색해봤다. 사진 한 장이 올라왔다. 격자 구조의 구조물이 민들레 위에 올라앉은 사진이 나왔다. 마이크로래티스[1]라는 물질이 있었다. 보잉과 지엠이 캘리포니아 공대와 공동으로 개발한 신소재인데 초경량 고강도의 금속 성질을 갖는 신소재였다. 이 재료의 밀도는 공기보다도 낮았다. 그렇다면 이것은 공중에 떠오른다는 얘기가 되는 것이고 7~8km까지 올라갈 수 있다는 얘기가 되는 것이다.

마이크로래티스의 물리적 특성을 입력하고 가상 실험을 해봤다. 모든 조건에서 성공하였다. '하늘 에어컨'을 만들 수 있는 재료를 드

---

1 https://www.youtube.com/watch?v=c1elkLn_ulU

디어 찾아낸 것이었다.

재료를 찾은 다음, 우리는 위험성 분석을 하였다. 시스템을 설치하고 운용할 경우 어떤 종류의 사고가 날 수 있는지를 예상 해보는 과정이었다. 가장 흔하게 발생할 수 있는 사고는 센 바람을 견디지 못하여 부러지는 사고였다. 풍력발전기는 이런 경우, 발전기가 고장 나고 전기 생산을 못 한다. 그러나 '하늘 에어컨'의 피해는 그 정도가 아니었다. 풍력발전기가 고장 날 경우의 100배 이상의 피해를 가져올 수 있었다. 크기는 어마어마하게 크지만 매우 가볍기 때문이다. 센 바람에 의하여 날아간 공기 압축기가 굴러다니다가 송전선을 끊어버릴 수 있다. 그리고 도시로 날아가서 고층 빌딩을 가격하면 911 같은 상황이 벌어질 수 있다.

이런 위험성에 대한 방지책이 마련되지 못하면 한국에서는 실험 허가조차 받지 못할 것이다. 그리고 비행기 진로 방해 문제도 간단한 문제가 아니었다. 완벽한 기능 테스트를 위해서는 높이는 5km, 급기관의 직경은 약 1km가 되어야 한다. 높이 5km가 되는 기계 장치를 테스트하는 것을 허가받는 것은 아무래도 힘들 것 같았다.

여러 가지를 생각한 결과, 우리는 한국에서는 개발이 어렵다는 결론을 내었다. 우리는 이 문제에 대하여 며칠을 고민했다. 사막으로 가야 이것을 개발할 수 있다는 결론을 내렸다. 사막 중에서도 열대 사막이면서 바다가 가까운 사막이 필요했다. 중위도 사막, 한랭 사막 그리고 내륙에 있는 사막은 개발에 적합한 조건이 아니었다. 세계지도를 펴고 테스트 장소를 찾아보았다. 북아메리카 서부 사막, 홍해 인근의 아프리카 동부 사막, 아프리카 서부 사막 이렇게 3 군데가 적당한 장소로 물색되었다.

　가장 좋은 후보지는 북아메리카의 서부 사막이었다. 열대 사막이고, 태평양이 가까이 있으며, 생활할 수 있는 장소가 가까이 있고, 연구 인력이 풍부하기 때문이다.

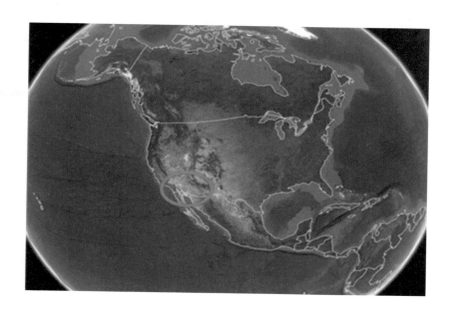

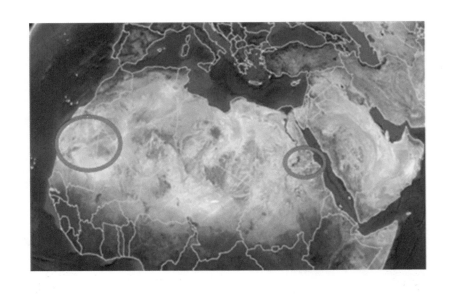

우리는 미국의 캘리포니아로 이사 가기로 하였다. 그런데 가고 싶다고 해서 갈 수 있는 것이 아니었다. 일단, 미국 정부에서 오라는 것을 허락해야 갈 수 있다. 그리고 잠은 어디서 잘 것이고? 밥은 어떻게 먹을 것인가?에 대한 문제도 해결이 되어야 했다. 고민하다가 미국에 연락하여 도움을 구하기로 했다. 나는 직원들을 모아놓고 미국에 아는 사람이 있는지 물어봤다. 직원들 모두 아는 사람이 없다고 했다. '촌놈들만 모아놔서 그런가…?' 한숨만 나왔다.

나는 박민찬 원장이 트럼프 대통령한테 메일을 보냈다는 것이 생각났다. 나는 직원들에게 "우리도 트럼프한테 메일을 보내볼까?" 이렇게 물어봤다. 모두 좋은 생각이라고 이야기했다. "연락이 오지 않더라도 일단 보내봅시다." 전체 직원이 다 이런 얘기를 했다. 백악관 홈페이지를 살펴봤다. 메시지를 보낼 수 있는 페이지가 있었다. 먼저 내용을 요약했다. A4 용지 5장으로 정리되었다. 그 내용을 영어로 번역하여 전송하였다.

직원들은 연락이 오기만을 기다렸다. 나는 직원들에게 너무 기대하지 말라고 이야기했다. 그런데 6달쯤 지나서, 진짜로 백악관에서 연락이 왔다. 다행이 백악관에서는 매우 긍정적으로 검토하였다. 내용을 정리하여 세미나를 해달라는 요청을 받았다. 우리는 발표 자료를 준비하여 백악관을 방문하였다. 막상 방문해보니, 생각보다 많은 단체들이 참석하였다. 보잉 등의 항공 관련 회사, MIT 등의 대학교, 국제 환경 단체 등이 참석했다. 기타 업체들도 많이 참석하였다. 한국에서는 포스코, 현대제철 등의 철강 업체가 참석하였다. 거대한 공기탱크를 제작하려면 엄청난 양의 특수강이 필요하다는 것을 눈치챈 것 같았다. 우리는 '하늘 에어컨'에 대하여 약 3시간 동안 발표를 하였다. 역시 반응은 뜨거웠다. "언빌리버블!", "원더풀!"이 계속 터져나왔다.

백악관에서 세미나를 한 후 우리는 여러 회사들과 함께 연합 회사를 만들기로 하였다. 회사의 이름은 UCSA(United Companies for SKY AIRCON)로 정하였다. 캘리포니아 리버사이드에 본사를 두고 모하비 사막에 실험실을 구축하였다. 하늘 공기 연구소는 URDC(United R&D Center for SKY AIRCON)으로 이름을 바꾸었다.

새로운 청정에너지 자원을 발견함

연합 연구소 (URDC)는 사막의 기후에 적합한 '하늘 에어컨'을 설계하기 시작했다. 최적의 설계를 위하여, 먼저 사막의 기후에 대한 정확한 데이터베이스를 구축해야 했다. 연합 연구소 (URDC)는 1년 동안 날짜별로 시간과 고도에 따른 공기의 온도, 습도 그리고 풍속에 관한 데이터를 수집하고 기록하였다. 그 데이터를 바탕으로 최고의 성능을 발휘할 수 있는 '하늘 에어컨'을 설계하기 시작하였다.

그러던 중 우리는 엄청난 공기의 온도 차를 발견했다. 밤에 5km 위의 공기와 낮에 지표면 공기의 온도는 무려 100℃ 차이가 났다. 만일 반사경을 사용하여 공기탱크의 표면에 태양열을 더한다면 150℃의 온도 차이를 발생시키는 것도 가능했다. 밤에 찬 공기를 압축하여 공기탱크에 저장하고, 낮 1시까지 기다리면, 공기탱크가 열을 받아서 공기가 팽창하므로 내부의 압력이 증가한다는 사실을 발견하였다. 이 압력은 에너지원으로 사용될 수 있는 가능성이 충분했다.

시뮬레이션 결과 공기의 압력은 약 50%가 증가하였다. 이 공기를 사용하여 역삼투압식 해수 담수화를 하면 매일 수백만 톤의 담수를 생산할 수 있다는 결론에 이르렀다. 또 압축 공기를 사용하여 발전기를 구동할 경우 수십 MWh의 전기에너지를 생산해낼 수 있다는 것을 알아냈다.

이것은 굉장한 발견이었다. 이 연구 결과를 발표하자 우리 회사 (UCSA)의 주식은 5,000%가 올라갔다.

우리 회사(UCSA)는 가상 실험을 끝내고 실제 제품을 만들기로 하였다. 엄청난 양의 저온 공기를 압축하여 저장할 수 있는 거대한 공기탱크가 필요했다. 아래와 같은 제품을 설계하였다.

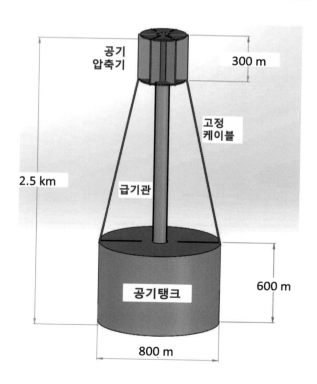

우리는 일을 시작한지 3개월 만에 공기 압축기 제작에 성공하였다. 3개월 동안 모든 직원들은 거의 잠을 자지 못했다. 앞으로도 할 일이 많이 있지만, 적당한 휴식을 취해야 했다. 우리 회사(UCSA)는 목요일, 금요일을 쉬는 날로 지정했다. 전체 직원들에게 휴가를 주었다. 주말까지 합쳐서 4일을 쉴 수 있는 시간이었다. 오랜만에 황금연휴를 맞이한 직원들은 고향을 방문하기도 하고 바다로 산으로 휴가를 떠났다.

연휴가 끝나고 월요일이 되었다. 직원들은 먼저 본사에 모여서 앞으로 할 일에 대하여 회의를 하고 모하비 사막의 실험실로 향했다. 오후에는 강풍 예보가 있었다. 그래서 공기 압축기가 바람에 날아가지 않도록 땅을 파고 묻은 다음 모래로 덮었다. 이 정도면 바람에 끄떡없을 것이라고 생각했다.

그런데 그날은 초대형 회오리바람이 불었다. 회오리바람은 공기 압축기가 묻혀있는 곳으로 다가갔다. 회오리바람은 모래를 걷어냈다. 그리고 땅속에 묻혀 있던 길이 300m, 직경 300m 거대한 구조물을 공중으로 들어올렸다. 공기 압축기의 무게는 10톤 정도 되었지만 공기보다 가벼운 재료로 만들어졌기 때문에, 깃털이 바람에 떠오르는 것처럼 떠올랐다.

'아니…, 세상에 이럴 수가… 저렇게 거대한 물체가 떠오르다니…'

직원들은 멍하니 바라만 보았다. 나도 멍하니 바라보았다. 회오리

바람은 공기 파이프를 빙빙 돌리더니 저 멀리 날려보냈다. 그 거대한 물체가 시야에서 사라졌다.

'어디로 간 것일까? 동쪽일까? 서쪽일까? 혹시 도시를 덮친 것은 아닐까?' 우리는 즉시 NASA에 연락하여 공기 압축기의 위치를 추적해달라고 요청하였다. 공기 압축기는 태평양 바다에 떨어져있었다. 도시를 덮치지 않은 것이 그나마 다행이었다. 우리는 산불 진화용 헬기를 동원하여 공기 압축기를 들어서 다시 모하비 사막으로 가져왔다.

다른 팀에서는 급기관을 조립했다. 그런데 바람이 계속 불었다. 급기관 역시 공기보다 가벼운 소재로 제작되기 때문에 바람이 불면 작업을 할 수 없었다. 우리는 더 안전하게 조립 작업을 하기 위하여 새로운 방법을 고안했다. 땅을 파고 그 안에서 조립을 진행하기로 하였다. 사막 한가운데를 폭 200m, 깊이 150m, 길이 3,000m로 팠다. 그리고 천장을 투명한 플라스틱으로 덮었다. 우리는 그 안에서 급기관을 만들었다. 그 이후로 강풍이 몇 번 불었지만 안전했다.

다른 팀은 공기탱크를 제작했다. 공기탱크는 고강도 특수 합금으로 제작되었다. 열전도율이 우수하면서 녹이 슬지 않고 인장력이 매우 강한 특수강으로 제작되었다. 다행히 이것은 가벼운 소재로 만들지 않아도 되기 때문에 바람을 걱정할 필요는 없었다.

1년간의 노력 끝에 '하늘 에어컨'의 3대 부품들, 공기 압축기, 급기관, 공기탱크를 모두 제작하였다. 이제 남은 일은 이 부품들을 조립하는 것이다. 먼저 우리는 지하에서 급기관과 공기 압축기를 조립하였다.

공기 압축기

급기관

급기관과 공기 압축기를 조립한 후 천장에 있는 투명 플라스틱을
제거하고 헬기로 들어올렸다. 그리고 공기탱크에 조립하였다. 그리
고 고정용 케이블을 연결하였다. 이렇게 하여 시제품 조립을 완료하
였다.

시제품 조립을 완료하자마자 엄청난 양의 찬 바람이 쏟아지기 시작했다. 찬 바람의 온도는 주위 공기보다 15℃ 낮았으며 풍속은 약 30m/s였다. 초당 2억 리터의 찬 공기가 끊임없이 쏟아졌다.

1시간 만에 반경 10km 내의 온도가 주변의 지역보다 6℃ 정도 낮아졌다. 만약에 이것을 서울 복판에 설치한다면 시내 전체의 온도가 5℃ 정도는 내려갈 것이다. 만일 두 대를 설치한다면 한여름에 에어컨을 켜지 않고도 살 수 있을 것이다. 250만 가구의 연평균 냉방비 지출이 20만 원이라면, 연간 5천억 원을 절약할 수 있을 것이다. 그리고 300만 대의 차량들이 에어컨을 사용하지 않는다면 연비가 좋아져서 기름이 절약되고, 기름값이 떨어지고, 공기도 맑아지는 1석 3조의 효과를 기대할 수 있을 것이다. 도랑 치고 가재 잡으면서 무좀 치료하는 효과라고나 해야 할까? 아무튼 엄청난 것이다.

새벽에는 더 놀라운 일이 발생했다. 물이 콸콸 흘러나오고 있었다. 시간당 수십 톤의 물이 흘러나왔다. 게다가 이 물은 아주 깨끗하였다. 사람이 마실 수 있었다. '오~' 이것은 단순히 물이 쏟아지는 것이 아니었다. 돈이 쏟아지는 것이었다. 자세히 관찰해보니 찬 공기와 더운 공기가 만나면서 수증기가 응결되어 물이 나오는 것이었다. 즉, 공기탱크 안에서 장마전선이 형성된 것이었다.

물이 생성되는 순서

1. 밤에 2.5km 상공의 공기 온도는 −30℃이다.

2. 수증기는 구름으로 존재해 있다.

3. 수증기는 찬 공기와 함께 급기관을 타고 내려온다.

4. 찬 공기는 지상의 더운 공기와 섞인다.

5. 수증기가 4℃로 되면서 비구름이 생성되고 물이 쏟아진다.

다음은 압축 공기 성능을 실험하였다. 밤에 −35℃의 공기를 압축하여 공기탱크에 저장하였다. 밤 11시부터 새벽 5시까지 6시간 동안 공기를 압축하여 공기탱크에 300bar로 저장하였다. 이 상태에서 공기 밸브를 잠갔다. 낮 1시까지 기다렸다. 공기탱크의 표면은 검은색으로 칠해져있었다. 강렬한 햇빛에 노출된 공기탱크는 뜨겁게 달구어졌다. 그 안에 있던 공기도 뜨거워졌다. 공기탱크의 내부 압력은 400bar가 되었다. 압축된 공기를 역삼투압 해수 담수화 장치에 연결하였다. 3시간 동안 수백만 톤의 담수를 생산하였다. 이것도 역시 대성공이었다.

그다음 우리는 내구성에 대한 테스트를 진행했다. 장시간에 걸친 진동 스트레스를 견딜 수 있는지를 측정해야 했으며, 낙뢰, 자외선, 산성비, 염분 등에 견딜 수 있는지를 관찰해야 했다. 기계적 진동이 마이크로래티스에 영향을 주었다. 그러나 구조를 수정하여 강도를 보강했다. 낙뢰도 문제가 되었다. 5분 사이에 1,500회의 번개가 내려치는 경우가 있었다. 금속으로 제작되었지만 상당한 무리가 되었다. 우리는 대용량의 전기를 흘릴 수 있는 3D 그래핀을 적용한 케이블을 추가하였다. 그래서 문제를 해결하였다. 우리는 3년 동안 각종 테스트를 수백 번 반복하면서 많은 단점들을 발견했고 그 문제들을 해결했다. 최종적으로 3년 만에 개발을 완료하였다. 그리고 이 사양을 표준 제품으로 지정하였다.

발명의 효과 1: 폭염 및 가뭄 해결

'하늘 에어컨'의 근처에는 폭염이 사라지고 물이 넘쳐흘렀다. 그래서 주변에 풀들이 자라고 나무가 자라기 시작했다. 시간이 지나자 숲이 형성되었다. 많은 양의 이산화탄소가 흡수되고 산소가 배출되었다. 이 사실이 알려지자 환경 단체에서 수십억 달러를 기부해주었다. 환경 단체는 공식적인 브리핑을 통하여 "지구 환경을 위해 큰일을 하셨습니다. 자금을 최대한 지원할 테니 계속해서 지구 환경을 살리는 일에 매진해주기 바랍니다."라고 이야기했다.

우리 회사(UCSA)는 이 지원금을 받아 표준 제품을 20개 양산하였다. 그리고 이 제품들을 모하비 사막에 30km마다 한 개씩 설치하였다. 모하비 사막의 40%를 덮었다. 기대했던 대로 설치와 동시에 기적적인 일이 일어났다. 20개의 '하늘 에어컨'에서 나오는 찬 바람이 사막을 식혔다. 여름에 70℃까지 올라가던 사막이었지만, 이제는 아무리 더워도 35℃를 넘지 않았다. 하늘에서 쏟아지는 1급수의 물과 역삼투압식 담수 설비에서 만들어진 물은 넘쳐흘러서 계곡을 형성하였다. 그 결과, 사막 전체에서 각종 풀들이 자라났고 꽃이 피었다. 거대한 초원이 형성되었다. 각종 나무들이 자라기 시작했다. 동물들이 모여들기 시작했다. 죽음의 계곡은 생명의 계곡으로 바뀌었다. 이산화탄소를 더 빨리 줄이기 위하여 대대적인 나무 심기 작업이 진행되었다. 엄청난 양의 이산화탄소가 흡수되었다. 엄청난 양의 목재가 생산되기 시작했다. 임업, 목축업, 양봉업 등의 다양한 산업이 생겨났다.

모하비 사막에서 성공한 다음, 북아메리카 사막 전체에 '하늘 에어컨'을 설치하기로 하였다. 부족한 자금을 마련하기 위하여 물을 팔기 시작했다. 담수 설비에서 나오는 물은 1톤에 10$, 수증기 응축수는 1톤에 100$씩 팔았다. 불행일까? 다행일까? 캘리포니아 북부에 가뭄이 찾아왔다. 우리는 수천억 톤의 식수와 농업용수를 공급하였다. 수천억 달러를 벌어들였다.

우리는 그 돈으로 모하비 사막에 거대한 휴양지를 개발하기로 하였다. 3년에 걸쳐 라스베가스에 버금가는 휴양지를 건설하였다. 우리가 건설한 휴양지의 특징은 신선한 공기와 맑은 물이었다. 맑은 물과 공기를 마시기 위하여 전 세계에서 사람들이 몰려들었다. 그것 때문에 또 엄청난 수익이 발생하였다. 드디어 우리 회사(UCSA)는 나스닥에 상장하였다. 우리 회사(UCSA)는 계획대로 '하늘 에어컨'을 북아메리카 사막 전체에 설치했다. 모하비, 소노란 사막에 총

100대의 표준 '하늘 에어컨'을 설치한 것이다. 차고 맑은 공기, 맑은 물이 끊임없이 흘러나왔다. 그리고 수천만 그루의 나무를 심었다. 10년 후 북아메리카 서부 사막은 열대 우림이 될 것으로 예상되었다. 그리고 거기서 나오는 경제적 가치는 엄청날 것으로 기대되었다. 이 기대에 힘입어 우리 회사(UCSA)의 주식은 5년 만에 2,000% 폭등하였다. 이로써 우리는 충분한 자금을 조달할 수 있었다.

몇 년 후 세계 기후 협약에서 탄소배출권의 가격을 10배로 급등시켰다. '이렇게 죽나, 저렇게 죽나 마찬가지라고 생각을 한 것일까?'자세한 내막은 알 수 없으나, 지구 온난화 문제를 해결하기 위하여 특단의 조치를 취한 것은 분명했다. 우리 회사(UCSA)는 본격적으로 환경 산업에 뛰어들었다. 기존의 사업에 탄소배출권 거래 사업을 추가하였다. 우리 회사(UCSA)의 주가는 1년 만에 500% 증가하였다.

우리 회사(UCSA)는 북미 시장을 넘어서 전 세계로 뻗어나갈 준비를 하였다. 북극, 남극을 제외한 전 세계 사막의 면적은 거의 러시아 면적과 비슷했다. 경제적 가치는, 장기적으로 2해 3천경 원으로 예상되었다. 주가 추가 상승의 가능성이 충분했다.

연합 연구소(URDC)에서는 연구를 통하여, 히트곡을 만들면 주가를 10%~30% 정도 올릴 수 있다는 것을 밝혀냈다. 충분한 사업 자금을 확보하기 위하여, 우리는 홍보용 노래를 만들기로 하였다. 내가 작사를 맡았다.

제목: 미래 희망 파이프

1절:

푸른 하늘 저 높이 찬 공기가 지나다닌다.

하늘 높이 하늘 높이 수증기도 몰려다닌다.

이~ 더운 여름을 어떻게, 어떻게 버틸 수 있나?

파이프를 세워보자 힘차게~ 2키로, 3키로, 10키로까지

그러면 찬~ 공기 팍팍 내려와~

폭염이 사라져, CO2는 줄어들어

우리들의 파이프!

2절:

푸른 하늘 저 높이 찬 공기가 지나다닌다.

하늘 높이 하늘 높이 수증기도 몰려다닌다.

심각한 가뭄을 어떻게, 어떻게 버틸 수 있나?

파이프를 세워보자 힘차게~ 2키로, 3키로, 10키로까지

그러면 물~ 벼락 콸콸 쏟아져~

갈증이 사라져, 가뭄도 사라져,

우리들의 파이프!

이 시에 「미래 소년 코난」의 가락을 붙여보았다. 잘 어울렸다. 이 노래를 우리 회사(UCSA)의 홈페이지에 삽입하였다. 이 노래는 삽 시간에 전 세계로 퍼져나갔다. 온라인 음반 판매 1위를 달성하였다. 우리는 이 효과에 힘입어 만화책을 발간하였다. 책이 나오자마자 베스트셀러가 되었다. 한국에서 수백만 권의 책이 팔려나갔다. 전 세계적으로 수억 권의 책이 팔려나갔다. 교육적으로도 매우 훌륭하 여 교과서에도 실렸다.

그리고 영화도 만들었다. 영화 제목은 '지구 온난화, 이렇게 해결 하자'이었다. 기존의 때리고 부수고 쌈박질하는 영화에 지루함을 느 낀 관객들이 전부 이 영화를 보기 위하여 몰려들었다. 특히 학생 들에게 인기가 많았다. 이 영화를 안 본 학생이 없을 정도였다. 한 국에서 1,000만 명을 돌파했으며 전 세계적으로 20억 명의 관객을 동원하였다. 최고의 흥행을 기록하였다. 우리 회사(UCSA) 주식은 또 2,000% 올랐다.

발명의 효과 2: 대량의 온실가스 감축

10년에 걸쳐 북아메리카 서부 사막을 열대 우림으로 만들었다. 우리 회사(UCSA)는 아프리카로 진출할 계획을 세웠다. 사하라 사막을 열대 우림으로 만들 계획을 수립하였다. 10년 안에 아마존 같은 열대 우림을 만들어 제2의 지구 허파를 만들 계획을 수립한 것이다.

사하라 사막을 열대 우림으로 만든다면 탄소배출권으로 얻는 수익은 연간 약 7,000조 원으로 예상되었다. 나무를 심고 10년을 기다리면, 그때부터는 가만히 있어도 매년 7,000조 원이 들어오는 것이었다. 이것은 대박이었다. 그리고 임업, 농업, 관광업을 겸한다면 매년 2경 1,000조 원의 수익이 예상되었다.

우리는 사우디아라비아와 손잡고 아라비아 사막도 숲으로 만들기로 하였다. 모하비 사막과 아라비아 사막을 녹지로 만드는 데 필요한 자금은 약 12경 원이었다. 국제 환경 단체에서 수백억 달러를 기부해주었으나 그것으로는 부족했다. 우리는 자금을 확보하기 위하여 유상증자를 결정하였다. 액면가 주식을 17조 1천억 주 발행하였다. 8경 6천조 원에 달하는 금액이었다. 그러나 직원들의 인건비와 재료비는 여전히 부담되었다.

우리는 인건비 문제를 해결하기 위하여 직원들에게 월급 대신에 주식을 나누어주는 방법을 도입했다. 1일 근무하면 주식 5주를 주었다. 의외로 직원들은 크게 환영하였다. 그러나 일부 직원들은 불만을 표시했다. 그래서 새로운 급여 체계를 하나 더 도입하였다. 전월 회사의 이익에 비례하여 이번 달의 급여가 결정되는 변동 급여 제도를 도입했다. 즉, 이번 달의 근로자의 월급은 전월 회사의 영업이익×분배 비율로 정해졌다. 분배 비율은 매년 협상을 통하여 갱신되었다. 연봉 협상과 개념은 비슷했지만 본인의 분배 비율을 협상한다는 점이 달랐다. 근로자들은 급여를 주식으로 받는 것과 변동 급여로 받는 것 중 하나를 선택할 수 있었다. 이렇게 하여 인건비 문제를 해결했다.

그다음 문제가 되는 것은 재료비였다. 이 문제도 주식으로 해결하였다. 모든 설비를 6등급으로 분류했다. 그리고 등급마다 나눠줄 주식의 양을 정하였다. 1등급 설비는 1000주, 2등급 설비는 800주, 3등급 설비는 600주, 4등급 설비는 400주, 5등급 설비는 200주, 6등급 설비는 50주를 배당하기로 하였다. 재료를 납품하면 돈 대신 주식을 주었다. 이것 역시 협력 업체들의 큰 호응을 얻었다. 우리는 이렇게 자금 문제를 해결하였다.

그런데 연구 결과, 사하라 사막은 북미 사막과 달리 표준 사양의 '하늘 에어컨'으로는 관리가 어렵다는 사실이 밝혀졌다. '표준 하늘 에어컨'을 사용할 경우, 사하라 사막을 열대 우림으로 만들기 위해서 12,000개가 필요했다. 관리 비용이 어마어마하게 들었다. 그래서 우리는 '초대형 하늘 에어컨'을 개발하기로 했다.

'초대형 하늘 에어컨'의 높이는 5km이다. '표준 하늘 에어컨'의 2배이다. 이 '초대형 하늘 에어컨'을 이용하면 3,000개만 설치해도 사라하 사막 전체를 열대 우림으로 만드는 것이 가능했다.

우리는 8년에 걸쳐 '초대형 하늘 에어컨'을 3,000개를 제작하고 설치하였다. 설치되자마자, 북아메리카에서 성공했던 것처럼, 놀라운 일이 일어나기 시작했다.

사막의 온도가 내려가고 건조한 땅에 물이 넘쳐흐르기 시작하였

다. 사막 전체가 초원으로 변하였다. 폭염이 사라졌고, 메마름과 목마름도 사라졌으며, 광활한 초원에서 곡물과 채소가 생산되어 기아와 굶주림도 사라지기 시작했다.

우리는 축축해진 땅에 상수리나무, 잣나무, 은행나무, 느티나무를 심기로 했다. 이산화탄소를 제거하면서 열매를 팔아 수익을 창출할 수 있고, 10년 후에는 목재를 판매할 수 있기 때문이었다. 우리의 사업 계획이 발표되자 전 세계의 환경 단체에서 묘목을 기증하기 시작했다. 그러나 충분하지 않았다. 땅이 워낙 넓었기 때문이었다.

이 문제를 해결하기 위하여 나무를 심지 않고 비행기로 도토리, 잣, 은행 등을 뿌렸다. 1년이 지나자 도토리에서 싹이 나기 시작했다. 또 1년이 지나자 나무가 자라기 시작했다. 10년이 지나자 거대한 나무가 되었다. 사라하 사막은 울창한 숲이 되었다. 이 밀림에서 엄청난 양의 이산화탄소가 흡수되고 엄청난 양의 산소가 뿜어져 나왔다. 이 결과 대기의 이산화탄소의 농도의 상승세가 멈추었다. 그 후로 5년이 지났다. 나무들은 더 성장하였다. 이 나무들은 이산화탄소를 더더욱 왕성하게 흡수하였다. 드디어 지구 온난화의 주범인 이산화탄소가 줄어들기 시작하였다.

우리 회사(UCSA)는 엄청난 수익을 창출하였고 우리 회사 주식은 계속 상승세를 이어갔다. 아프리카 사업이 끝날 무렵 우리 회사(UCSA)의 주가는 3,000% 상승하였다. 드디어 시가 총액으로 세계 1위가 되었다.

발명의 효과 3: 미세먼지 해결

'하늘 에어컨'에 대한 소문은 전세계로 퍼져 나갔다. 어느 날 독일에서 표준 '하늘 에어컨' 50개를 주문하였다. 여름철 냉방 전력을 절약하기 위해서였다. 독일은 탈원전 이후로 전력난에 직면하고 있다. 부족한 전기를 공급하기 위하여 풍력, 태양광에 막대한 투자를 하고 있었다. 그러나 '하늘 에어컨'의 우수성을 알고 태양광, 풍력 사업을 중단하고 '하늘 에어컨'을 검토하고 있었다. 독일에서 중점을 둔 것은 찬 바람과 압축 공기였다. 여름철에 '하늘 에어컨'에서 나오는 찬 바람을 사용하여 냉방 에너지를 100% 해결하고 기존에 설치된 풍력발전기에 바람을 공급하여 설비 이용률을 70%까지 올린다는 계획을 세워놓고 있었다.

독일 정부는 시범적으로 50개를 사용해보고 효과가 있을 경우, 5배 확장할 예정이라고 하였다. 원활한 공급을 위하여 우리는 독일에 생산 공장과 운용팀을 설립하였다. 2년에 걸쳐서 우리는 독일에 '하늘 에어컨' 50개를 설치하고 운영하였다. 독일의 냉방 전력량이 급격히 감소하였다. 그 이후로 우리는 독일에 200개의 '하늘 에어컨'을 설치하였다. 이 소식이 전해지자 주변의 다른 나라에서도 '하늘 에어컨'을 주문하기 시작하였다. 우리 회사(UCSA)는 유럽에 1,000개의 '하늘 에어컨'을 설치하였다.

'하늘 에어컨'의 기적은 유럽에서도 이어졌다. 당연히 냉방에너지가 대폭 줄었다. 그로 인하여 엄청난 금액의 탄소배출권을 확보하였다. 여름이면 항상 기승을 부리던 폭염이 사라졌다. 가뭄도 사라졌다. 찬 공기를 분배하는 새로운 직업이 발생하여 엄청난 일자리가 생겨났다. 영국에서는 공기의 질이 대폭 향상되었다. 그로 인하여 시민들의 면역력이 상승하였다.

이러한 혁명적인 결과에 힘입어 우리 회사(UCSA) 주식은 3년 만에 또 3,000% 상승하였다. 주주도 기뻐하였고, 소비자도 기뻐하였고, 근로자도 기뻐하였다.

냉방을 위하여 '하늘 에어컨'을 사용하는 것은 이미 세계적인 추세가 되어가고 있었다. 한국에서도 드디어 '하늘 에어컨' 사용을 허가하는 법안이 통과되었다. 우리 회사는 먼저 창원, 부산, 울산 3개 광역시에 표준 '하늘 에어컨'을 2개씩 설치하였다. 역시 기적이 일어났다. '하늘 에어컨'의 동작에는 예외가 없었다. 고고도의 찬 공기가 쏟아지기 시작했다. 여름에 에어컨이 필요 없게 되었다. 중·고등학교의 찜통 교실이 사라졌다. 병원에서도 혁명이 일어났다. 환자들의 면역력이 급상승하여 회복 속도가 20% 이상 높아졌다. 이러한 소문이 퍼지자 서울시에서도 '하늘 에어컨'을 설치했다. 환경기술원에서 세미나를 한 후 30년이 지난 시점이었다. 역시 동일한 효과가 나타났다. 그리고 서울의 미세먼지가 사라지기 시작했다. '하늘 에어컨'이 대기의 흐름을 바꾸었기 때문이다.

1. '하늘 에어컨'은 대량의 맑은 공기를 지표면에 공급한다.
2. 대량의 맑은 공기는 지표면의 대기 압력을 상승시킨다.
3. 일부 공기가 지표면에서 위로 올라간다.
4. 공중의 미세먼지는 지상으로 내려오지 못한다.
5. 미세먼지는 동해로 빠져나간다.

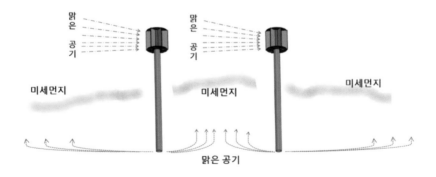

'하늘 에어컨' 때문에 서울의 공기의 질은 엄청나게 개선되었다. 이제 한국 사람들은 미세먼지가 폐에 쌓일 것을 걱정하지 않아도

되었다. 미세먼지뿐만 아니라 초미세먼지도 급격히 줄어들었다. 초미세먼지가 몸에 쌓이는 것을 염려할 필요가 없었다. 이 사실이 알려지면서 인도, 파키스탄 등의 미세먼지가 많은 국가에서 2,000대의 '하늘 에어컨'을 주문하였다.

80%의 미세먼지가 사라졌다. 결과는 대성공이었다. 우리 회사 주식은 또 3,000%가 올랐다.

발명의 효과 4: 주택 가격 안정

우리 회사(UCSA)는 나스닥에 이어 코스피, 런던 증시, 홍콩 증시 등 전 세계 주요 증시에 상장하였다. 상장한 이후로 우리 회사의 주식은 연일 상승세를 기록하였다. 상장한 후 20년 만에 시가 총액 1경 달러를 돌파하였다. 지금도 사람들은 너도 나도 우리 회사(UCSA)의 주식을 산다. 주식을 사는 이유는 넉넉한 배당금 때문이다. 투자 금액의 8% 정도가 배당금이 되어 돌아온다. 어떠한 투자도 이보다 더 높은 수익률을 보장해주지 못했다. '아~' 잔인한 4월은 이제 사라졌다. 행복한 4월, 여유가 넘치는 배당의 4월이 있을 뿐이다.

전 세계 사람들은 우리 회사(UCSA) 주식을 사기 위하여 집을 팔기 시작하였다. 더 이상 주택은 투자 상품이 되지 못했다. 집을 팔지 못해서 안달이 난 사람들도 있었다. 그 결과 집값이 하락하기 시작하였다. 그래서 주택 가격이 안정화되었다.

발명의 효과 5: 물가 안정

'하늘 에어컨'은 일차적으로 냉방 전력을 낮추었다. 그래서 전기세가 내려갔다.

또한, 압축 공기를 사용하여 전기를 생산하였다. 그래서 전기세가 또 내려갔다. 전 세계적으로 전기세가 약 3% 내려갔다. 전기세가 내려가니 지하철 요금이 내려갔다. 지하철 요금이 3% 내려갔다. 그리고 공장에서 생산되는 모든 제품의 가격이 2% 내려갔다.

전기가 풍부해지자 사람들은 이산화탄소 배출의 주범인 석탄발전, 석유발전을 줄이기 시작했다. 그리고 가격이 비싼 가스발전도 줄이기 시작했다. 그래서 가스비가 내려갔다. 기름값도 내려갔다. 그 결과, 교통비와 물류비가 내려갔다.

'하늘 에어컨'에서 맑은 물이 펑펑 쏟아지자 물값이 내려갔다. 수도세도 내려갔다. 열대 우림으로 변한 사막에서는 각종 과일과 곡물이 생산되었다. 전 세계적으로 식량값이 3% 내려갔다. 그 결과 대부분의 음식값이 내려갔다.

발명의 효과 6: 가계부채와 기업부채 해결

어느덧 세월이 흘러 '하늘 에어컨'의 특허 기간이 만료되었다. 우리 회사(UCSA)의 기술은 독창적이기는 하지만 어려운 기술이 아니고, 차고 맑은 공기 및 물 공급이라는 확실한 수익 구조를 갖추고 있어서 웬만한 기업들은 이 사업에 뛰어들었다.

그리고 기업들은 지구 온난화 문제를 해결한다는 명분을 내세워 엄청난 세금 감면 혜택을 받을 수 있었으며, 세계적인 경기 침체로 인하여 0%대 금리로 많은 자금을 대출받을 수 있었다.

사업에 뛰어든 회사들이 많았지만, '지구 온난화 문제 해결'이라는 세계적인 필요성에 의하여 망하는 기업이 없었다. 모든 기업들이 엄청난 이익을 냈다. 따라서 기업 부채가 해결되었다.

또한, 회사들은 '주식 급여' 또는 '변동 급여' 제도를 채택하고 있었으므로 근로자의 급여는 매우 높았다. 따라서 가계 부채 문제도 해결되었다.

결과적으로 기업 부채와 가계 부채를 한꺼번에 해결하였다.

발명의 효과 7: 일자리 문제 해결

일자리 부족은 전 세계적인 문제이다. '하늘 에어컨'은 이 문제도 해결하였다.

'하늘 에어컨'의 생산에 종사하는 사람의 수는 전 세계적으로 2억 명에 육박하였다. 더 가볍고 튼튼한 '하늘 에어컨'을 만들기 위하여 첨단 소재 산업이 발전하였으며, 거대한 공기탱크를 만들기 위하여 제철 산업이 다시 호황을 맞이하였다. 고고도 공기를 분배하는 새로운 일자리도 생겨났다. 파이프를 별도로 설치하여 고고도 공기를 분배해야 하는 곳이 많아졌기 때문이다. 기타 산업들도 어마어마하게 생겨났다. 이러한 2차 관련 업종에 종사하는 사람은 5억 명에 육박하였다.

또한, 전 세계 사막이 녹지로 되면서 임업, 농업, 목축업, 관광업에서 일자리가 넘쳐났다. 이제 사람들은 취직 걱정을 할 필요가 없었다. 취업 재수생, 삼수생이 모두 사라졌다. 그래서 전 세계 사람들의 행복지수는 3배가 되었다.

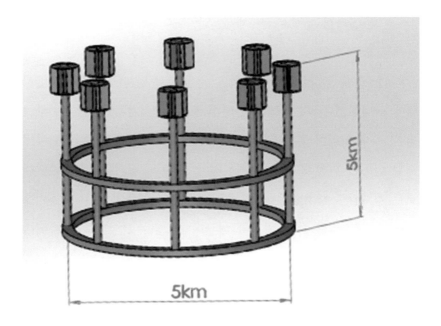

우리 회사(UCSA)는 국제환경 단체와 손잡고 바닷물의 온도가 올라가서 이상기후를 발생시키는 엘니뇨 현상을 방지하는 기술을 연구하였다. 엘니뇨 현상을 없애기 위하여 높이 5km짜리

'초대형 하늘 에어컨'을 8개 묶은 '반잠수식 초대형 하늘 에어컨'을 개발했다.

3년 동안 10개를 양산하였다. 그리고 그것들을 엘리뇨가 자주 발생하는 지역에 배치하였다.

바닷물의 온도가 높아지면, '반잠수식 초대형 하늘 에어컨'은 −40℃의 찬 바람을 바닷물 속으로 밀어 넣었다. 어마어마한 양의 찬 바람을 공급하여 바닷물의 온도를 낮추었다. 그래서 엘니뇨 현상이 사라졌다.

발명의 효과 9: 바이러스 문제 해결

우리 회사(UCSA)는 전 세계 곳곳에 '하늘 에어컨'을 설치했다. 그런데 이상하게도 '하늘 에어컨'이 설치된 곳에는 전염병이 생기기지 않았다. 더 정확한 원인을 알기 위하여 미생물 분야의 전문가이신 최 박사님에게 전화를 걸었다.

"안녕하십니까? 저는 '하늘 에어컨' 발명가입니다. 궁금한 것이 있어서 전화드렸습니다. 습도가 높으면 왜 바이러스들이 살지 못합니까?"

최 박사님은 습도와 바이러스 활동의 관계를 자세히 설명해주셨다.

"바이러스는 물 분자보다 1,000배 정도 큽니다. 습도가 높으면 바이러스에 많은 물 분자가 달라붙습니다. 그러면 바이러스의 활동력이 떨어집니다. 그러므로 바이러스 퇴치를 위해서는 습도를 높이는 것이 중요합니다. '하늘 에어컨'이 설치된 지역에서 전염병이 퍼지지 않은 이유는, '하늘 에어컨'에서 나오는 바람에 오염되지 않은 수증기가 다량 함유되어있어서 주위의 습도를 높였기 때문입니다."

그리고 추가적인 설명을 해주셨다. "만일 물 분자에 마찰, 압력, 전기 등의 힘을 가해서, 물 분자가 H3O+(하이드로늄)과 OH−(하이드록사이드)로 분리되어 전기력이 발생하면, 물 분자가 바이러스에 더 많이 달라붙을 수 있습니다. 그러면 바이러스 몸통에 전기가 통하여 바이러스가 감전되어 죽습니다."

위의 사실을 바탕으로, 우리는 사람에게 피해를 주지 않으면서 바이러스를 초토화시킬 수 있는 방법을 연구하였다. 3년간의 연구 끝에, 우리는 '하늘 에어컨'으로 바이러스를 초토화시킬 수 있는 방법을 개발하였다. 바로 H2O 감전법을 개발한 것이었다. 물 분자를 사용하므로 환경에 악영향이 전혀 없었고 인체에도 안전했다. 우리는 1차적으로 독감 바이러스가 죽는지 안 죽는지 테스트해봤다. 실험은 대성공이었다. 독감 바이러스가 1분 만에 다 죽었다. 이로써 H2O 감전법이 효과가 있다는 것이 증명되었다.

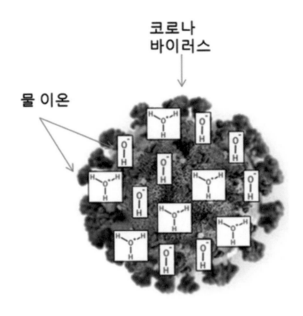

코로나
바이러스

물 이온

　최근에 대구에서 코로나 전염병이 확산되고 있다는 소식을 접하였다. 우리는 '하늘 에어컨'의 공기탱크에 특고압 전기장 발생 장치를 추가하였다. 고고도에서 내려온 찬 공기는 공기탱크 안에서 고압으로 압축된 다음 특고압 전기장을 통과하여 대량의 H_3O+(하이드로늄)과 $OH-$(하이드록사이드)을 방출시켰다.

　양이온 입자와 음이온 입자들이 공중에 방류되었다. 일주일 동안이 과정을 반복한 결과, 기적과 같은 효과가 나타났다.

　이온화된 물 분자가 뿌려지자 바이러스는 전멸하였다. 그러나 물 분자이므로 사람에게는 피해가 가지 않았다. 매일 증가하던 코로나

확진자가 나오지 않았다. 코로나뿐만이 아니었다. 독감 바이러스도 전멸하였다. 실험은 대성공이었다. 이어서 사스, 에볼라, 메르스 등 모든 바이러스에 대하여 테스트를 진행하였다. 예상했던 대로 모든 바이러스들이 다 죽었다. 이 소식은 언론을 타고 세계 각국으로 전파되었다. 우리 회사(UCSA) 주식은 연일 상승세를 이어갔다. 5년 만에 20,000% 폭등하였다. 이것은 세계 주식 역사에 획기적인 사건으로 기록되었다.

발명의 효과 10: 식량 문제 해결

최근에는 아프리카에서 수천억 마리의 메뚜기가 출몰하여 농작물을 다 먹어치웠다. 식량난을 불러오는 엄청난 수의 메뚜기 떼는 큰 골칫거리이다.

우리 회사(UCSA)는 국제식량기구와 손잡고 초대형 '하늘 에어컨'으로 메뚜기 떼를 소탕하기로 하였다. 공기탱크를 제거하고 이동 가능한 형태로 개조하였다. 메뚜기 떼가 지나가는 길에, 9대를 20km마다 3행 3열로 배치하였다. 가로 60km, 세로 60km 되는 면적이었다. 메뚜기가 영역 안에 들어왔을 때, 5km 꼭대기에서 내려오는 -30℃의 찬 공기를 2km 지점에서 방출시켰다. 수천억 마리의 메뚜기들이 얼어 죽었다. 농약을 사용하지 않았으므로 인체에 무해하였다. 사람들은 얼어 죽은 메뚜기들을 햇볕에 바짝 말렸다. 그다음 대형 믹서기를 사용하여 잘 부순 다음 독성을 제거하였다. 잘게 부서진 메뚜기 가루는 사료로 가공되어 전 세계의 개, 닭, 오리 농장에 판매되었다. 일부는 영양가가 풍부한 식량으로 가공되었다. 메뚜기는 한약 재료와 궁합이 잘 맞기 때문에 보약으로도 사용되었다. 수험생과 임산부에게 매우 좋았다.[1] 그렇게 하여 메뚜기 떼 문제와 식량 문제를 한꺼번에 해결하였다. 이 성과가 알려지자 세계 각 나라에서 메뚜기를 잡기 위하여 이동식 표준 '하늘 에어컨'과 이동식 초대형 '하늘 에어컨'을 구매하였다. 우리 회사(UCSA) 주식은 또 5,000%가 증가하였다.

---

1 https://www.youtube.com/watch?v=AlYo6PUX1Wec

멀리 떠남

세월은 유수와 같다더니 어느덧 반세기의 시간이 흘렀다. 지난 50년 동안, 지구에는 기적과 같은 일들이 일어났다. 지구 온난화의 영향으로 발생한 수많은 문제가 해결되었으며, 에너지 문제, 식량 문제, 일자리 문제 등의 먹고사는 문제들도 모두 해결되었다. 우리 회사(UCSA)의 시가 총액은 20경 달러(약 2해 3,800경 원)를 달성하였다.

모든 것이 한 편의 드라마 같았다. 바람이 서늘하여 뜰 앞에 나서보았다. 달은 넘어가고 별만 반짝이고 있었다. 홀로 서서 별을 세어보았다. 생각해보니 올해 나는 100살이다. 나이를 잊고 산 지 몇 년 되었다.

"아… 이제는 떠날 시간이 된 것 같다."

박민찬 원장님께 전화를 걸었다. '아직 살아계실까…?'

전화를 받으셨다. "잘 지내고 계신지 궁금해서 전화드렸습니다."

"청계천 비보 풍수를 했으니 당연히 잘 지내지…" 원장님께서 말씀하셨다.

'그런데 과연 청계천 비보 풍수 덕분에 이 모든 것이 실현되었을까?' 아니라고 말할 증거는 없었다. 지난 50년간의 행적을 시간대별로 적어보니, 청계천 비보 풍수를 한 다음에 모든 것이 잘 되었다.

"그런데 무슨 일이야?" 원장님이 물으셨다.

"명당 하나 골라주세요…, 이제 떠날 때가 된 것 같습니다."

"뭐… 떠난다고? 풍수는 안 할 건가?"

"시간이 없습니다. 다음에 또 지구에 오면 생각해보겠습니다."

나는 한마디 말을 남기고… 수고하고 무거운 짐을 모두 내려놓았다.

잠시 뒤 지구에 도착한 은하 열차에 올라탔다.

기차가 어둠을 헤치고 은하수를 건넜다.

북극성을 지나 우주 정거장에 도착했다.

별빛이 쏟아지고 있었다.

지구 온난화,
이렇게 해결하자

펴 낸 날 2020년 6월 8일

지 은 이 이낙영
펴 낸 이 이기성
편집팀장 이윤숙
기획편집 정은지, 윤가영
표지디자인 정은지
책임마케팅 강보현, 류상만
펴 낸 곳 도서출판 생각나눔
출판등록 제 2018-000288호
주   소 서울 잔다리로7안길 22, 태성빌딩 3층
전   화 02-325-5100
팩   스 02-325-5101
홈페이지 www.생각나눔.kr
이 메 일 bookmain@think-book.com

- 책값은 표지 뒷면에 표기되어 있습니다.
  ISBN 979-11-7048-079-2 (03810)

- 이 도서의 국립중앙도서관 출판 시 도서목록(CIP)은 서지정보유통지원시스템 홈페이지
  (http://seoji.nl.go.kr)와 국가자료공동목록시스템(http://www.nl.go.kr/kolisnet)에서
  이용하실 수 있습니다(CIP제어번호: CIP2020014734).